栞與紙魚子①

諸星大二郎

栞與紙魚子①

目次

人頭事件

我居住的町內出現了被肢解的屍體。
近來有民眾於此區域發現人類的部分遺體。如目擊可疑人物，敬請通知警方。
死者的手腳被裝在垃圾袋裡，丟棄在公園廁所旁的垃圾集中場。
妳看，就是這裡。發生了分屍案……
意思是有殺人魔住在這一帶嗎……？
不一定吧？也可能是大老遠跑來棄屍的……
咦？

栞！妳也來看熱鬧嗎？
我正準備回家，這裡是我上下學會走的路。
啊，這樣說來，妳家就在附近嘍？
隔天，警方在鄰近的排水溝和垃圾桶找到死者的身體和其他四肢。學校傳得沸沸揚揚……
但是，有件事讓我很掛心……
這次是在車站對面的垃圾場發現的！我對那一帶很熟喔。
只剩頭還沒找到了吧？

紙魚子！
今天可以來我家嗎？有件事想找妳商量……
嗯，好啊。
什麼事啊？
有個東西想讓妳看一下。
進來吧，今天我媽很晚才會回來，家裡沒有其他人。
那是什麼？
我爸釣魚用的保冷箱。

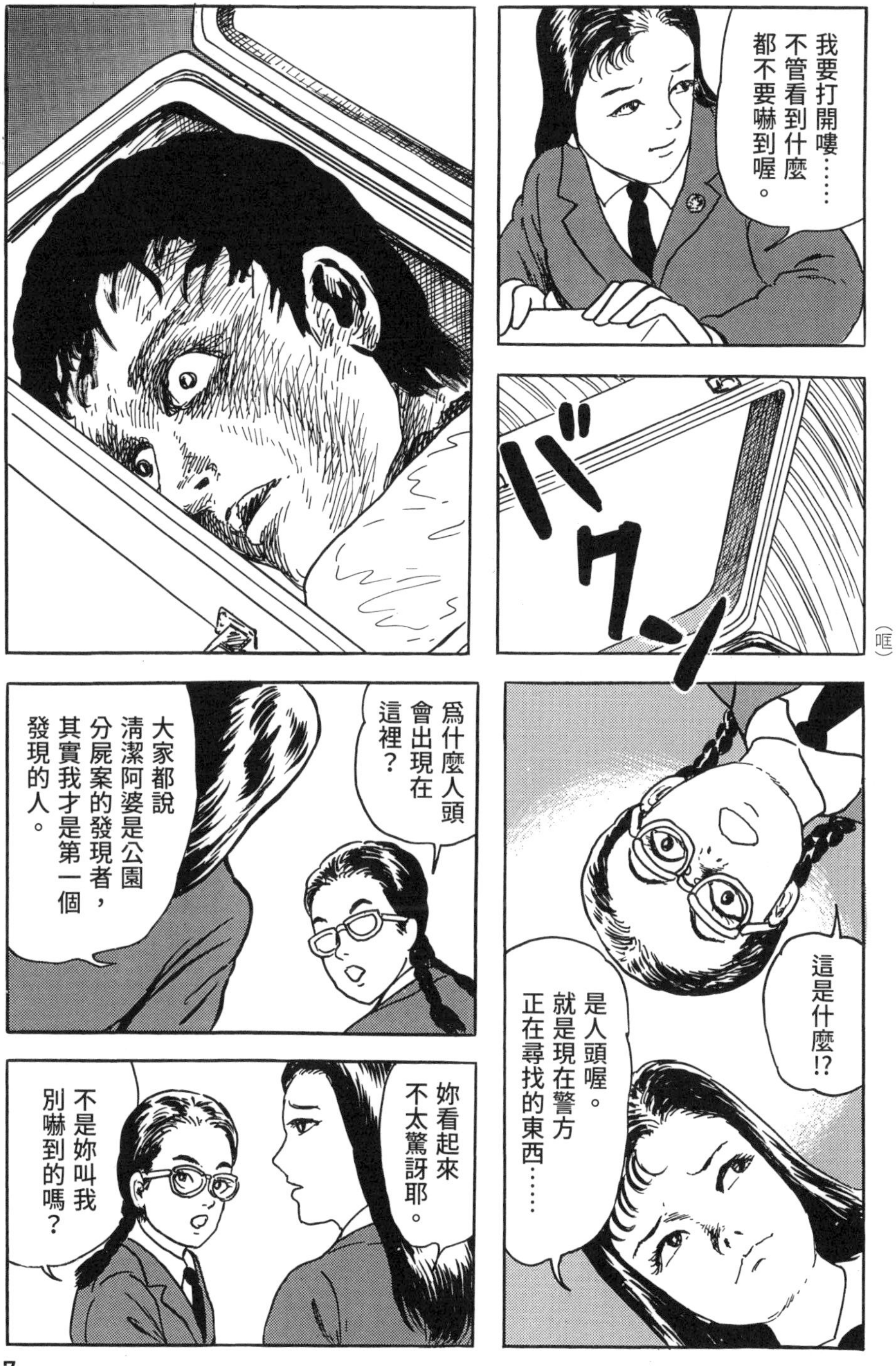
我要打開嘍……不管看到什麼都不要嚇到喔。
バクン
(哐)
這是什麼!?
是人頭喔。就是現在警方正在尋找的東西……
爲什麼人頭會出現在這裡？
大家都說清潔阿婆是公園分屍案的發現者，其實我才是第一個發現的人。
妳看起來不太驚訝耶。
不是妳叫我別嚇到的嗎？

算了。總之那天早上我難得早起，覺得心情不錯，就趁上學前散步到了公園。
咦……!?
妳就發現了？
沒錯。屍體就裝在半透明垃圾袋裡，根本看得一清二楚。總共有兩袋，一袋是頭，另一袋是手腳……
雖然我一開始也嚇了一跳，但想到自己發現很不得了的東西，沒多想就帶回來了……
等一下，是很不得了的東西沒錯，但一般人會帶回家嗎？

嗯……
現在回想起來確實有點怪，但我當下實在太興奮了……
覺得就這麼通知警察有點可惜……
妳想，大家很快就會忘記誰是第一個發現的人了，不是嗎？
是沒錯。
這種機會又很難得……
我也想給紙魚子看一看……
謝謝妳喔。
那妳打算怎麼處理？
我就是想和妳商量這件事。
事到如今很難交給警方吧？
但我也不能一直把人頭放在身邊啊。
爲什麼？
我爸明天要去釣魚，他昨晚發現保冷箱不見後鬧得天翻地覆，把家裡都翻過一遍。
要是他知道我擅自把保冷箱拿來裝人頭，一定會被罵死。
放進冰箱怎樣？
我媽會嚇死啦。
……不是，問題不在這裡。

我原本只是好玩才帶回來，現在覺得很困擾啦。
是不是放回原來的地方比較好？
嗯……我想想……
對了，我家好像有本關於這方面的書，我回家查查看。
紙魚子家是開舊書店的。她回家找到書後，隔天立刻就來我家了。
古書
字論堂
高價收購
久等了，東西呢？
在這裡。我爸拿走保冷箱了，只好暫時這樣放……
只要還沒腐爛，這本書應該就能派上用場。

興趣與實踐系列
人頭的正確飼養方法
她說「關於這方面的書」……
屍體處理方法
完美犯罪入門
這是什麼!?
就是書名寫的嘍。
聽著，上面寫說先準備一個大魚缸，妳家有嗎？
……我爸以前沉迷熱帶魚時買的魚缸應該還放在倉庫裡……
(唰——)
ザ
我放進去嘍？

トポン
（噗通）
「水溫不要太高或太低，大約每週換一次水……」
「一開始可以餵食熱帶魚用的乾飼料……」
「適應後再換成紅蟲之類的活餌……」栞，知道了嗎？
那我先回去了。偶爾也讓我看看它喔。
等等……先別走啦！這種東西要是被我爸媽發現的話怎麼辦!?

它好像不用曬太陽，像之前一樣藏進壁櫥裡就好了吧？
バタン！
（碰）
在莫名其妙的情況下，我不得不飼養起人頭。
雖然很噁心，但好歹是冒著風險撿回來的人頭，實在不甘心就這樣默默扔掉……
等養膩了再丟掉吧。
一開始我也覺得養人頭是件蠢事。
但丟進水中的乾飼料總會在不知不覺間消失……
人頭也沒有腐爛的跡象……

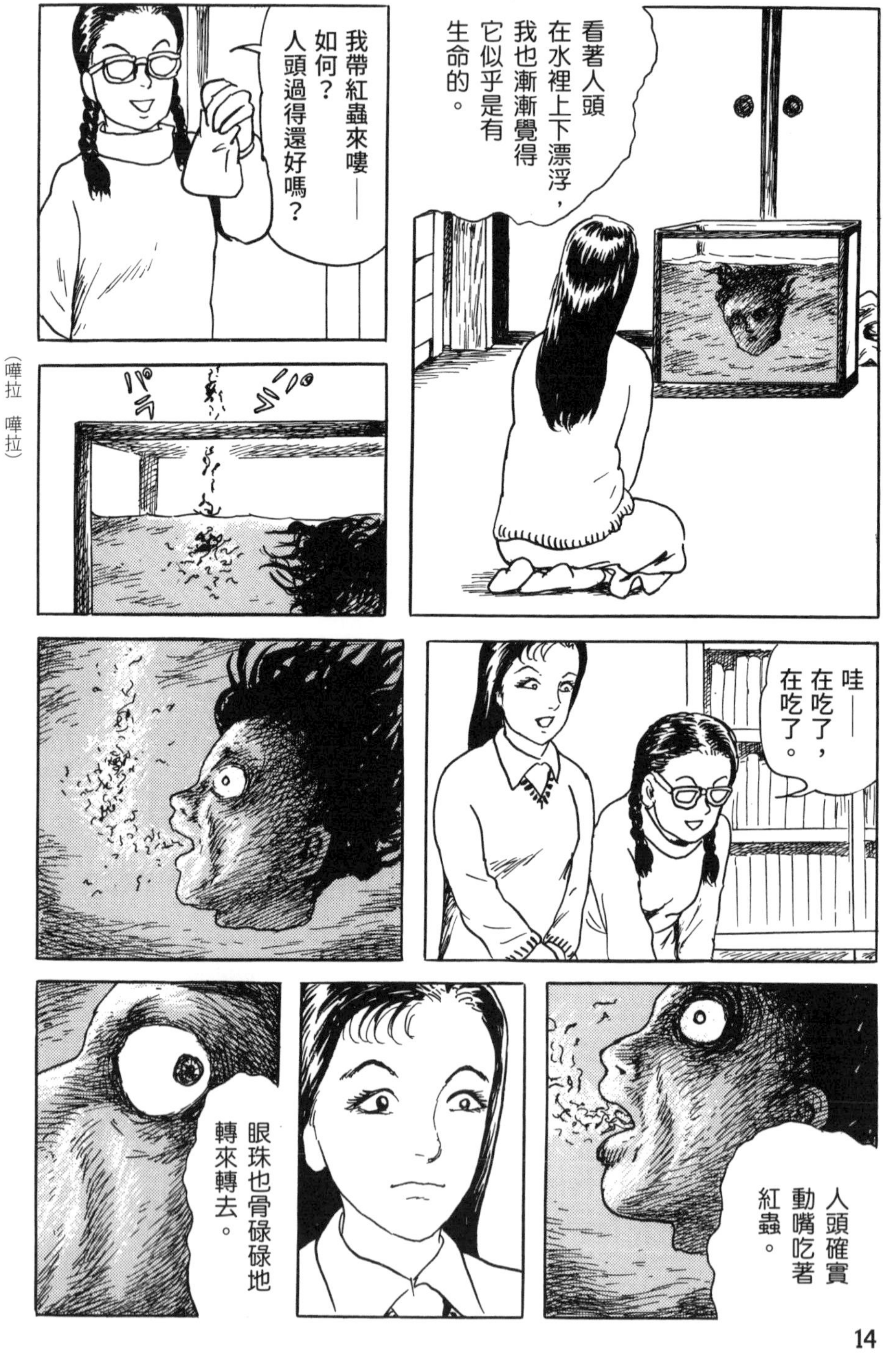
看著人頭在水裡上下漂浮，我也漸漸覺得它似乎是有生命的。
我帶紅蟲來嘍——如何？人頭過得還好嗎？
パラ パラ
（嘩拉 嘩拉）
哇——在吃了，在吃了。
人頭確實動嘴吃著紅蟲。
眼珠也骨碌碌地轉來轉去。

該幫它取名字了呢……
名字……!?
叫「大二郎」如何？
……
……
這名字不好嗎？「龍之介」呢？
還是要取名「健三郎」？最近得了諾貝爾獎喔。
人頭在魚缸裡游動著，我開始覺得它像隻魚了。
紙魚子，聽我說……
還是就叫龍之介吧。
紙魚子……其實我本來沒打算養人頭……
咦？那妳想做什麼？

妳問我想做什麼……說到底，人頭是可以飼養的嗎？
妳不是正在養了嗎？而且也有飼養方法的書……
我是正在養沒錯……然後說到這本書……
難道不是寫好玩的嗎？畢竟也有那種飼養恐龍的書啊……
而且我總覺得養這種東西不太好。
妳想想看，在櫥櫃裡養人頭很像阿宅會做的事，不覺得很陰沉嗎？
（問題在這裡嗎？）
這樣啊——妳不想養的話，我也可以接手啦……
但妳都好不容易養起來了……書上寫了什麼嗎？
パラ
パラ
パラ
（啪啪 啪）
「如果因爲膩了無法繼續飼養，就將人頭放生回到大海或河川吧。」
放生回去……這是在垃圾場撿來的耶。

但它現在都在水裡游來游去了。
反正大海不是所有生命的故鄉嗎？
……附近的河川就可以了吧？
就這麼辦。
於是，那天晚上我們就到河邊將人頭放生了。
(唰——)
龍之介！再見！保重喔！

不要再回來了！
啊！有鯉魚在撞它。
龍之介……不對，人頭在順著水流離開前轉頭看向我們，好像在道別似的。
（別開玩笑了！）
喔！它咬了鯉魚一口……做得好！好好活下去吧!!
紙魚子，回去吧。
發現人類的部分遺體
人物，敬請通知警方
警察署特別搜查本部
直撥電話
警察署電話
順帶一提，公園分屍案的人頭至今仍未尋獲，成為一宗懸案。

人頭事件♣完

自殺館

學校才剛下課不久，天色怎麼變得這麼暗啊？
而且路上完全沒有人……
不過……從學校回家會經過這條路嗎？

紙魚子和葉子
今天都沒來學校……
對了，
要去那間
咖哩店才行……
紙魚子——？
妳在嗎——？

栞？怎麼了？
我到處都找不到那本書，妳家有嗎？
那本書……什麼書啊？
之前不是很流行《完全自殺手冊》嗎？妳家有沒有那類的書？
我家好像還沒有進。妳找那種書幹麼？
妳知道C班的葉子嗎？她是我國中的好朋友……
葉子她啊，說要自殺啦。
聽起來不太對勁，發生什麼事了嗎？
前陣子不是有個搖滾歌手自殺嗎？
葉子是他的忠實粉絲。
她還沒從打擊中恢復過來，八卦雜誌竟公開了歌手的遺書。這件事妳知道吧？

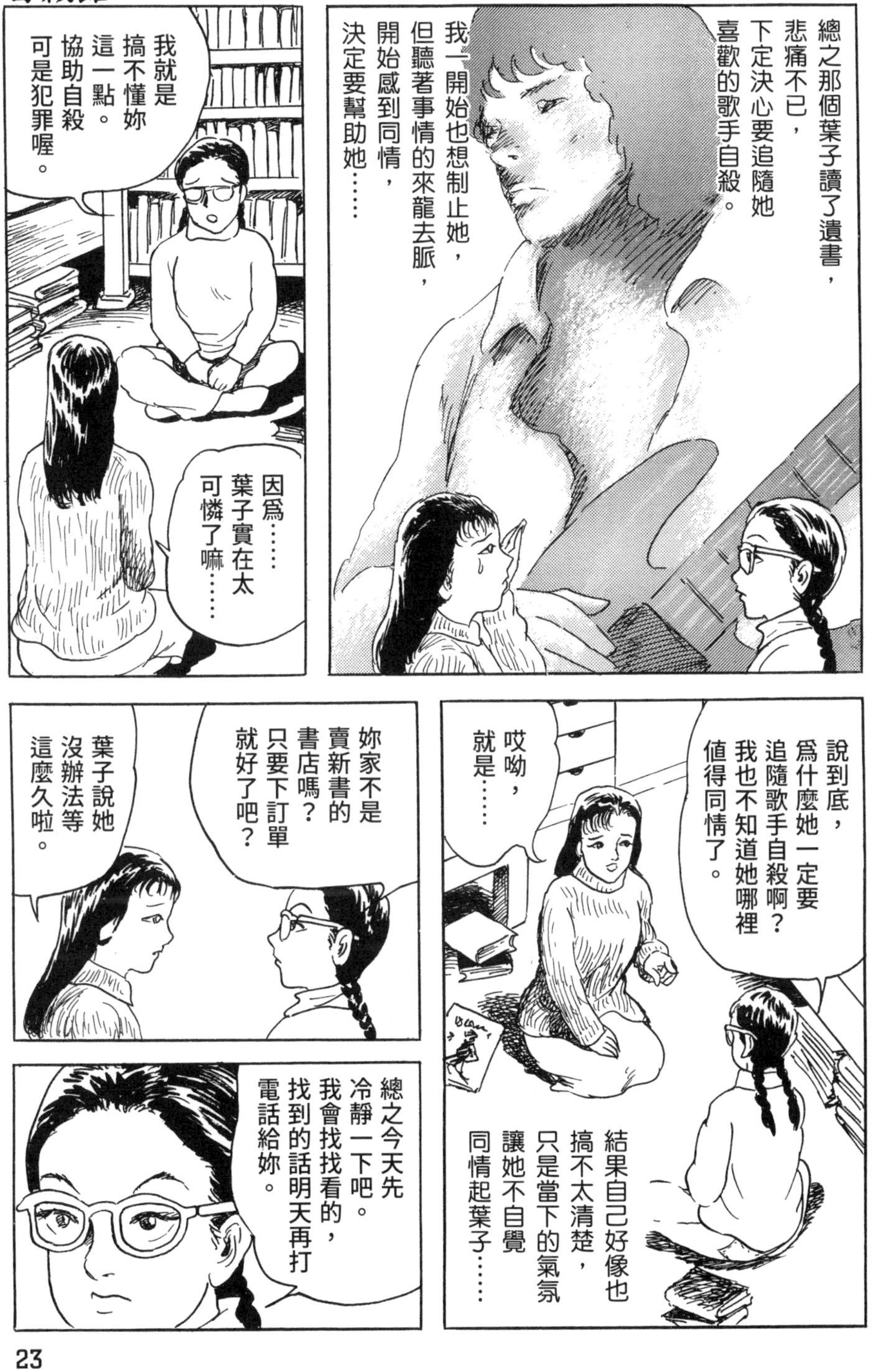
總之那個葉子讀了遺書，悲痛不已，下定決心要追隨她喜歡的歌手自殺。
我一開始也想制止她，但聽著事情的來龍去脈，開始感到同情，決定要幫助她……
我就是搞不懂妳這一點。協助自殺可是犯罪喔。
因爲……葉子實在太可憐了嘛……
說到底，爲什麼她一定要追隨歌手自殺啊？我也不知道她哪裡值得同情了。
哎呦，就是……
結果自己好像也搞不太清楚，只是當下的氣氛讓她不自覺同情起葉子……
妳家不是賣新書的書店嗎？只要下訂單就好了吧？
葉子說她沒辦法等這麼久啦。
總之今天先冷靜一下吧。我會找找看的，找到的話明天再打電話給妳。

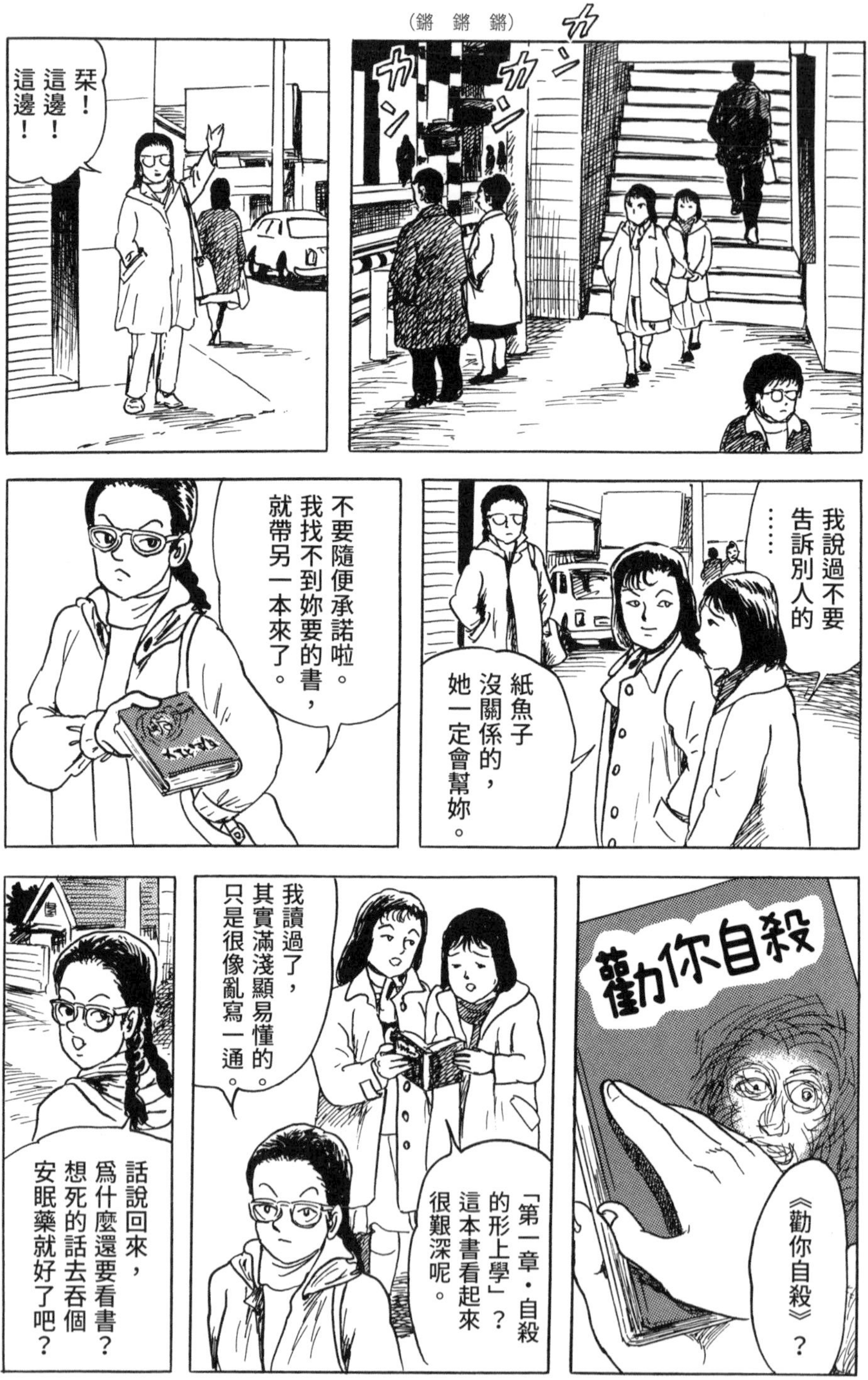
（鏘 鏘 鏘）
カンカンカン
栞！這邊！這邊！
我說過不要告訴別人的……
紙魚子沒關係的，她一定會幫妳。
不要隨便承諾啦。我找不到妳要的書，就帶另一本來了。
勸你自殺
《勸你自殺》？
「第一章・自殺的形上學」？這本書看起來很艱深呢。
我讀過了，其實滿淺顯易懂的。。只是很像亂寫一通。。
話說回來，爲什麼還要看書？想死的話去吞個安眠藥就好了吧？

因爲……
一個人死掉
太寂寞了……
也很可怕……
我們要去哪裡嗎？
如果只是拿書，
不用大老遠跑來
這個車站吧……
第156頁。
咦？
妳們讀一下
第156頁。
「如果您抱著強烈
想要自殺的念頭，
卻難以下定決心
實行……」
「建議可以造訪
○○町的自殺館。」
「您一定可以達成
夙願。」……
這是什麼？
啊……
在這裡。
自殺館
眞的有
這地方呢。

自殺館？
書上介紹了這個地方，我就過來一探究竟了。
畢竟是十多年前的舊書，本來以爲裡面寫的地方已經沒了……
總之進去看看吧。
太恐怖了，人家不要……
別這樣嘛，我們看一眼就好……
カラン
（匡啷）
牛肉咖哩
斷頭台風味
蔬菜咖哩
毛地黃口味
蘑菇咖哩
什麼嘛，只是間賣咖哩的。
嚇死我了。
哇！妳們看！菜單上有「血肉模糊塔」耶。

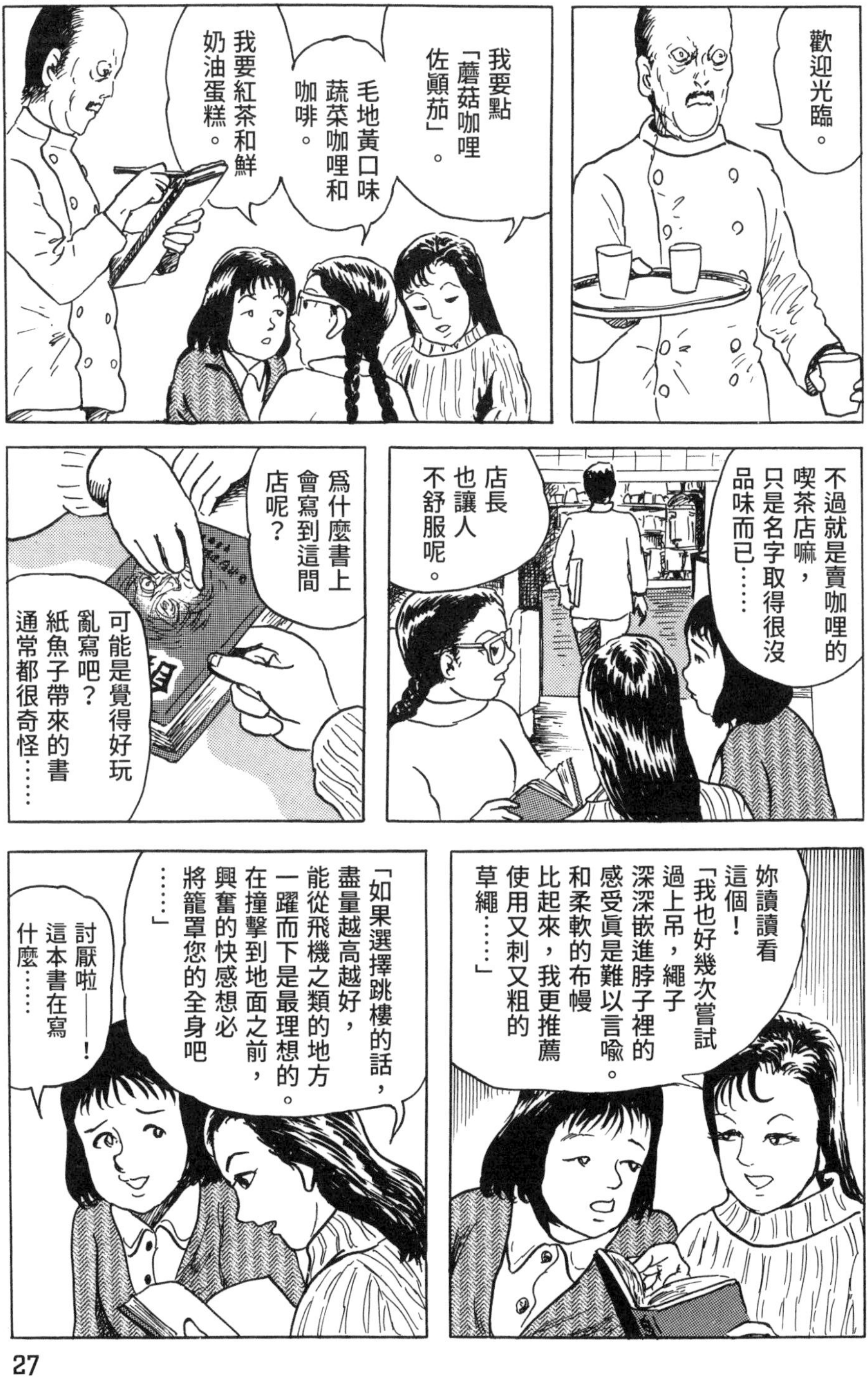
歡迎光臨。
我要點「蘑菇咖哩佐顚茄」。
毛地黃口味蔬菜咖哩和咖啡。
我要紅茶和鮮奶油蛋糕。
不過就是賣咖哩的喫茶店嘛，只是名字取得很沒品味而已……
店長也讓人不舒服呢。
爲什麼書上會寫到這間店呢？
可能是覺得好玩亂寫吧？紙魚子帶來的書通常都很奇怪……
妳讀讀看這個！「我也好幾次嘗試過上吊，繩子深深嵌進脖子裡的感受眞是難以言喻。和柔軟的布幔比起來，我更推薦使用又刺又粗的草繩……」
「如果選擇跳樓的話，盡量越高越好，能從飛機之類的地方一躍而下是最理想的。在撞擊到地面之前，興奮的快感想必將籠罩您的全身吧……」
討厭啦——！這本書在寫什麼……

噗嗤！
什麼？什麼？
「一般人可能認爲，使用斷頭台之類的工具瞬間砍斷頸脖，便不會感到疼痛。但事實眞是如此嗎……」
「有過來人表示，人在砍頭之後暫時還會保有意識，將感到萬分痛苦。」
「這段見證來自於曾遭斬首並經歷臨死經驗的倖存者。」寫這什麼嘛！根本是鬼扯！
太好笑了——！
作者一定是變態……
久等啦。
咦？這不是我寫的書嗎？妳們看過這本書才來的？
勸你自殺
這是大叔寫的!?
沒錯。書封折口有我的照片吧？

眞的耶！「自殺館」的老闆……原來這是咖哩店老闆寫的書啊!?
死太郎
曾固大學畢業之際，
縱火而遭退學。
學、殺人哲學主修。
多次自殺經驗：上吊七次、
跳樓五次、安眠藥
兩次、自焚三次、
切腹一次、砍頭一次。
皆為自殺未遂。鍾情於
咖哩和自殺。目前為
「自殺館」的老闆。
咖哩店是副業而已。這裡本來是自殺諮詢所，我無償進行諮商。
妳們想自殺嗎？
不是我們，是葉子啦。
我倒是沒有……
等一下，別說了。
爲什麼？妳不去諮詢看看嗎？
他好噁心，我才不想呢……
呃……我們只是來參觀的……
歡迎！歡迎！店內開放自由參觀。請上二樓吧。

呀!!
哎啊，不要嚇到了……那只是假人。
假人？
二樓是「自殺博物館」喔。

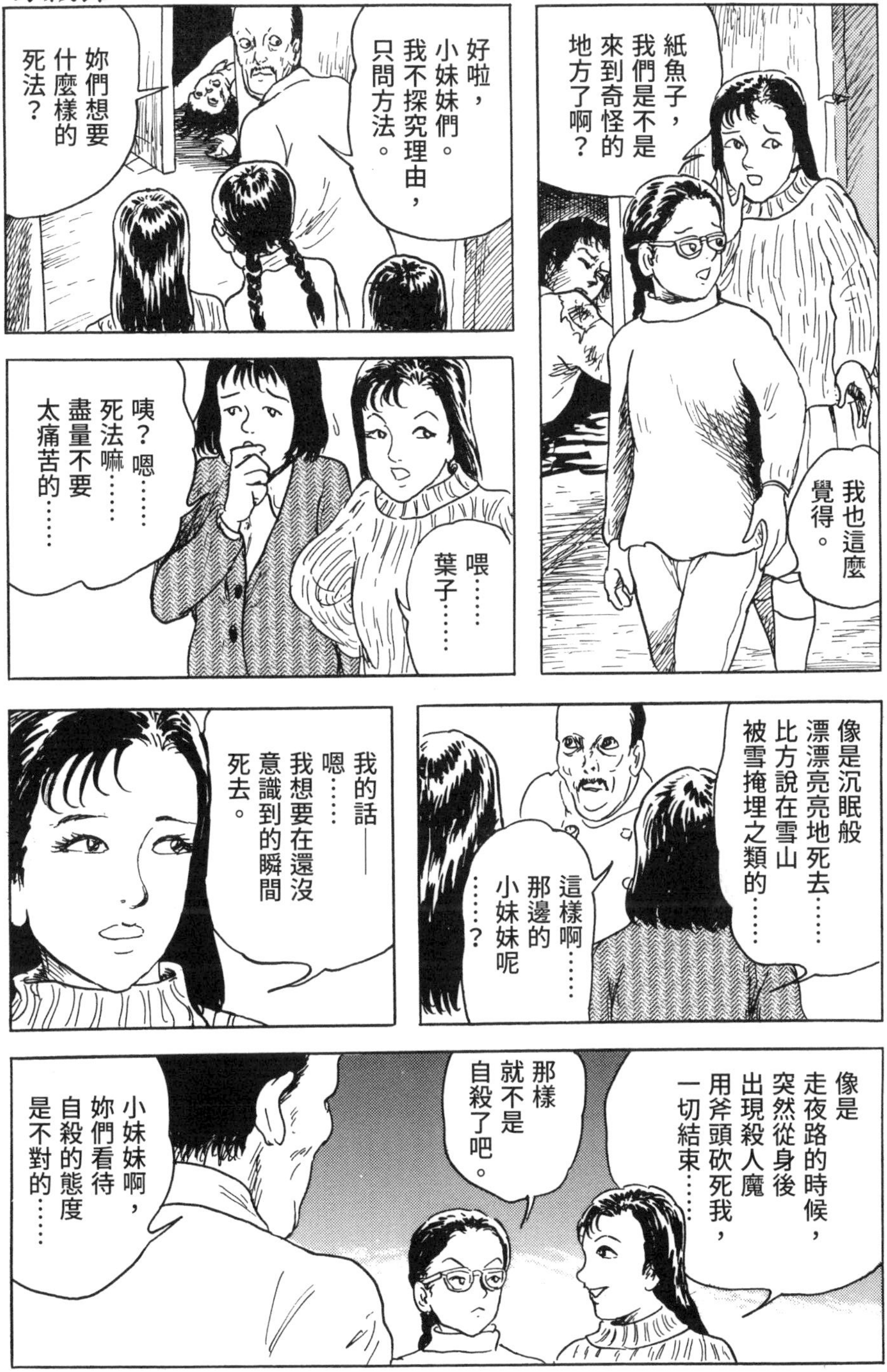
紙魚子，我們是不是來到奇怪的地方了啊？
我也這麼覺得。
好啦，小妹妹們。我不探究理由，只問方法。
妳們想要什麼樣的死法？
喂……葉子……
咦？嗯……死法嘛……盡量不要太痛苦的……
像是沉眠般漂漂亮亮地死去……比方說在雪山被雪掩埋之類的……
這樣啊……那邊的小妹妹呢……？
我的話——嗯……我想要在還沒意識到的瞬間死去。
像是走夜路的時候，突然從身後出現殺人魔用斧頭砍死我，一切結束……
那樣就不是自殺了吧。
小妹妹啊，妳們看待自殺的態度是不對的……

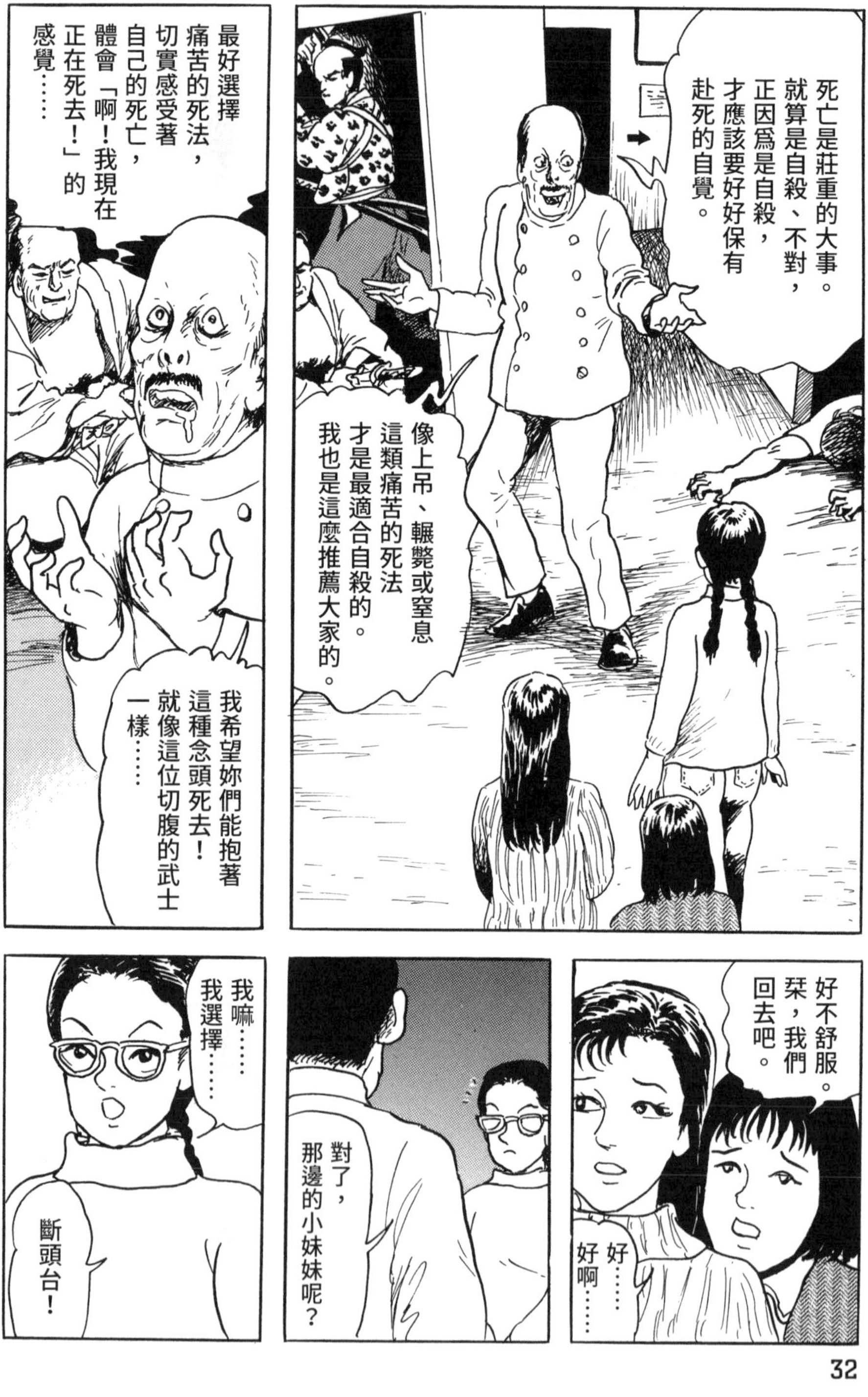
死亡是莊重的大事。就算是自殺、不對，正因爲是自殺，才應該要好好保有赴死的自覺。
像上吊、輾斃或窒息這類痛苦的死法才是最適合自殺的。我也是這麼推薦大家的。
最好選擇痛苦的死法，切實感受著自己的死亡，體會「啊！我現在正在死去！」的感覺……
我希望妳們能抱著這種念頭死去！就像這位切腹的武士一樣……
好不舒服。栞，我們回去吧。
好……好啊……
對了，那邊的小妹妹呢？
我嘛……我選擇……
斷頭台！

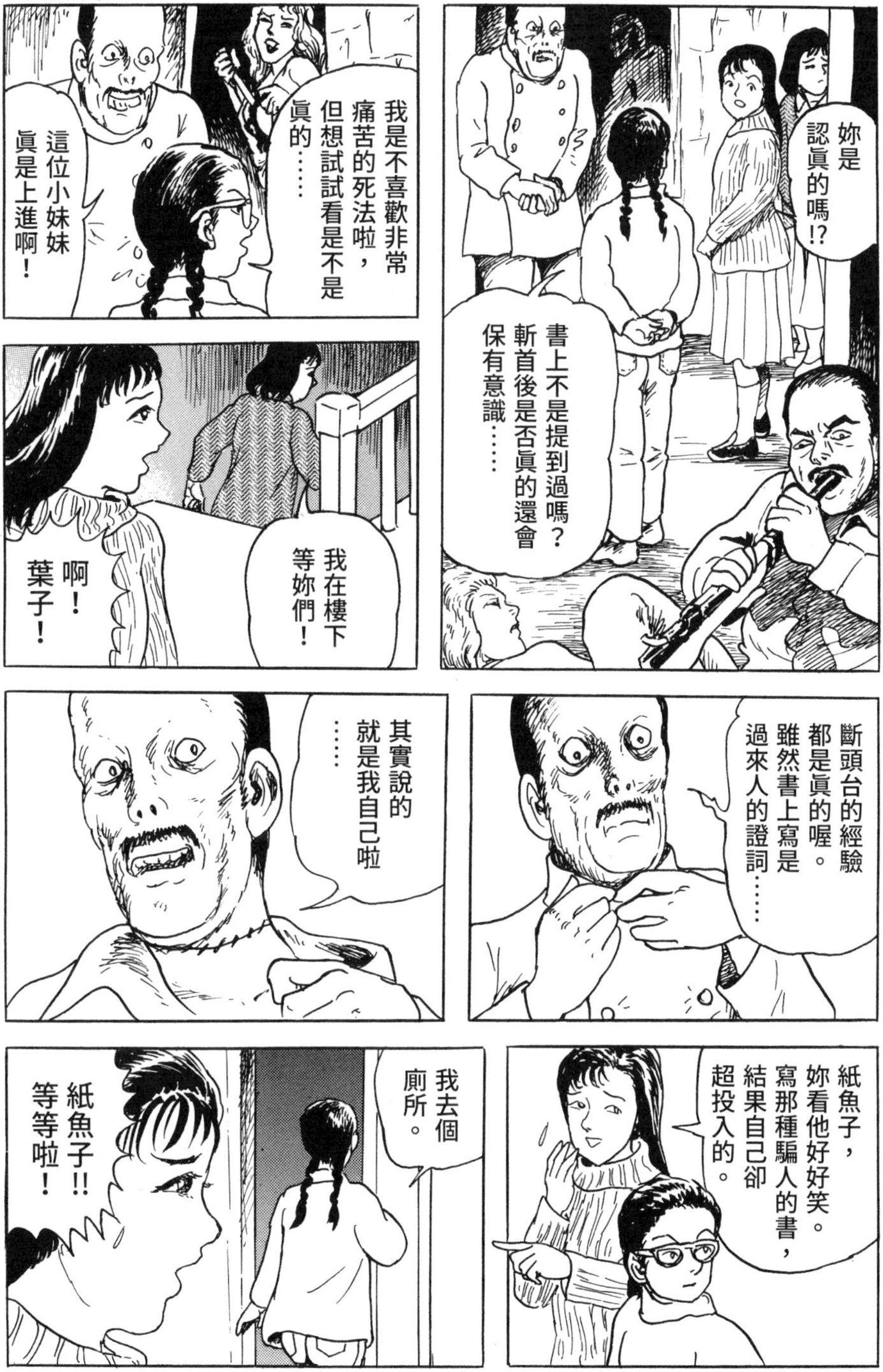
妳是認眞的嗎!?
書上不是提到過嗎？斬首後是否眞的還會保有意識……
我是不喜歡非常痛苦的死法啦，但想試試看是不是眞的……
這位小妹妹眞是上進啊！
我在樓下等妳們！
啊！葉子！
斷頭台的經驗都是眞的喔。雖然書上寫是過來人的證詞……
其實說的就是我自己啦……
紙魚子，妳看他好好笑。寫那種騙人的書，結果自己卻超投入的。
我去個廁所。
紙魚子!!等等啦！

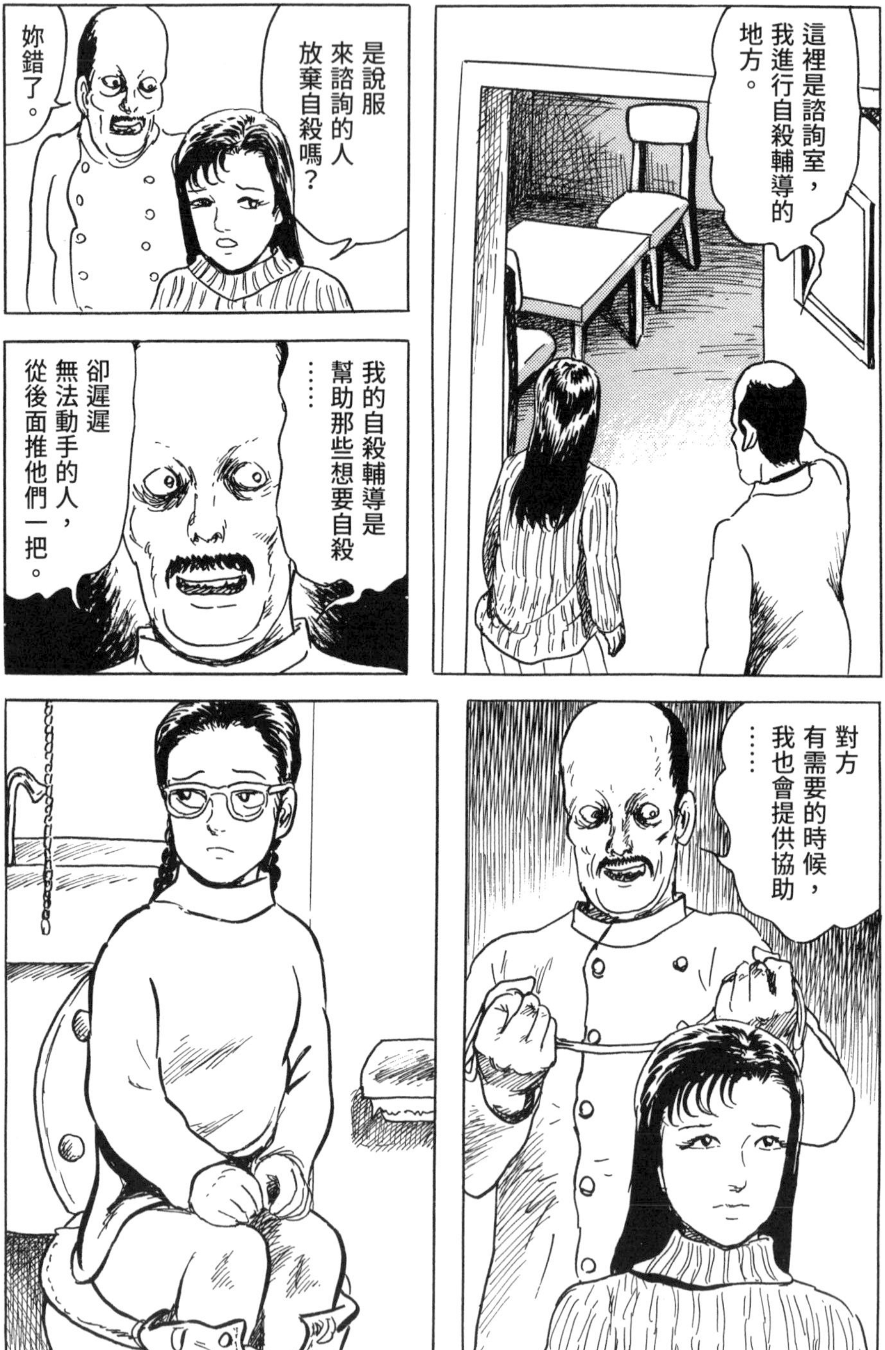
這裡是諮詢室，我進行自殺輔導的地方。
是說服來諮詢的人放棄自殺嗎？
妳錯了。
我的自殺輔導是幫助那些想要自殺……
卻遲遲無法動手的人，從後面推他們一把。
對方有需要的時候，我也會提供協助……

哇！
這間廁所
怎麼搞的……
是什麼玩笑嗎？

紙魚子！這裡好奇怪！我們快走吧！
於是我逃出「自殺館」，回到了家裡，然而……
葉子！
葉子……不見了？她先回去了嗎？
我不太記得自己當時怎麼離開的……
是一個人回家的嗎？
還在那間咖哩店，沒有回家吧……
紙魚子和葉子該不會……

哇!!
什……什……
什麼……!?
啊呀……!

什麼啦！
怎麼回事！
……
為什麼
突然冒出
那種……
爸……
你在嗎……？
……？
爸……？
書架上怎麼都是
同一本書啊……
自殺
自殺
自殺
自殺
自殺
自殺

（霹哩　啪拉）
呀——！
（鏘）
什……什麼？
這裡不是
咖哩店嗎……？

哇！
（咚鏘）
（咚）
ドッ
栞？
沒事吧？

紙魚子……這、這裡……是咖哩店嗎？
沒錯！快逃吧！
看來自從我們從踏入店裡後，都沒有真正離開過。
這麼說起來，我記得顛茄會讓人產生幻覺……？
啊！葉子！
小妹妹們！別走……！
小妹妹啊——如果不是眞心想死的話，就別來假裝妳們要自殺啊——！
啊！忘記帶走書了！
管不了那麼多了！

結果
葉子首當其衝
逃出了那間店。
她的自殺念頭
也瞬間被澆熄，
現在開始迷偶像了。
到頭來差點被
強迫「自殺」的
反而是我們兩個……
紙魚子說
是我多管閒
事害的……
但我覺得是紙魚子
那本書的錯。
因為我們把書
忘在店裡後，
不管試了多少次，
都再也找不到
那間店了……
自殺館

盛開的櫻花樹下

這裡就是紙魚子說的祕密景點嗎？
一棵櫻花樹都沒有耶。

哇！好大啊……它是櫻花樹？
這棵大樹就是喔。
不是已經枯死了嗎？
還活著喔。我聽說它今年會開花，是我們來得太早了嗎？
話說回來，這棵樹眞大啊。全部盛開的話肯定很壯觀。
它的樹齡有多大呢？
應該超過一千年了吧？
都難得來一趟了，就在這裡休息吧。
咦——在這種地方嗎？
讓紙魚子決定賞花地點就會變成這樣。
因爲公園的好地方都被占走了嘛。

別抱怨了，說不定再等一等就會開花了。
這種狀態下不可能突然開花啦，又不是開花爺爺。
聽說這裡不會有人來，因爲平常都不會開花的樣子……
而且要是會開花的話，附近居民一定會來賞花的吧。
那它果然枯死了嘛！
我連手提卡拉OK都帶來了……
咦——!?
不過它偶爾會像突然想到似地開起花來，一旦開花就會很壯觀。書上是這樣寫的。
又是紙魚子的舊書嗎？
古樹探索
三春面太郎
木精社
這本書沒很舊啦，是六年前出版的書……
《古樹探索》？書上寫到這棵樹嗎？
妳怎麼知道它今年會開花？
這就是有趣的地方了。

其實，它從很久以前就不會開花了，直到在昭和四十八年發生某件事後，隔年就突然開起花來了……
接著在第二年……第六年、第十二年、第十六年都開過花，而最後一次開花是在六年前……
開花的時間太不規則了吧。
呵呵，是什麼呢？要猜猜看嗎？
某件事是什麼事？
什麼什麼？益智問答嗎？
是有人死了嗎？
咦？對面好像有人耶。
我以爲沒有其他人呢，他們什麼時候出現的？

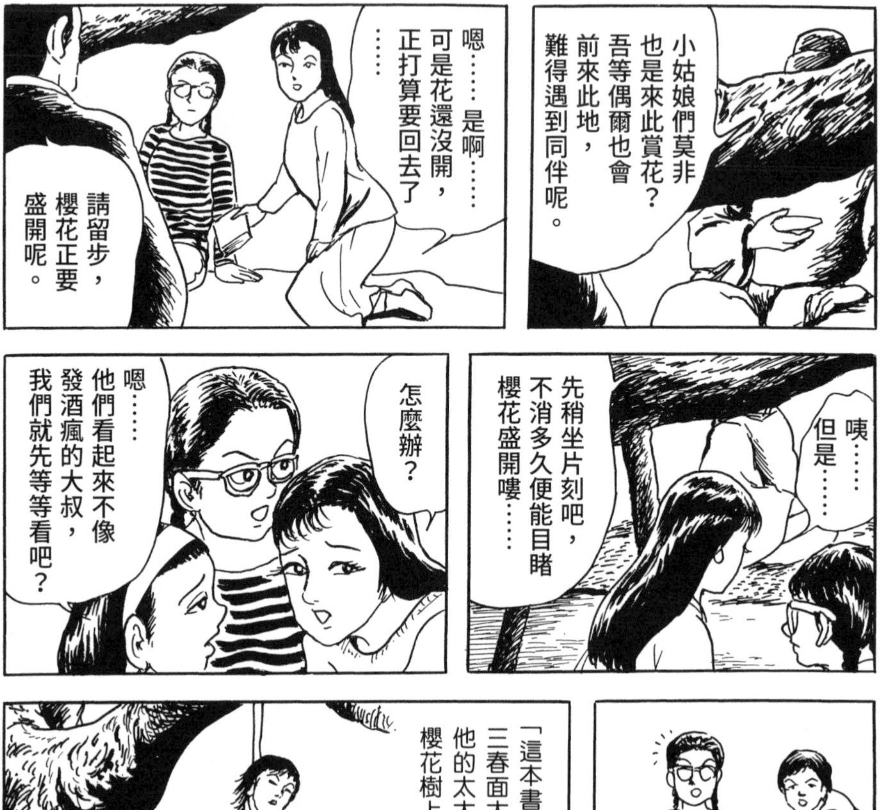
小姑娘們莫非也是來此賞花？吾等偶爾也會前來此地，難得遇到同伴呢。
嗯……是啊……可是花還沒開，正打算要回去了……
請留步，櫻花正要盛開呢。
咦……但是……
先稍坐片刻吧，不消多久便能目睹櫻花盛開嘍……
怎麼辦？
嗯……他們看起來不像發酒瘋的大叔，我們就先等等看吧？
說到方才的謎題，解答是什麼？
啊……是的！賓果！答對了！
「這本書的作者叫做三春面太郎，他的太太當年在這棵櫻花樹上吊而死。」
「之後三春每年來祭拜時，在周年忌、三年忌、七年忌、十三年忌的這天，櫻花都盛開了。」

從三年忌開始是以虛年計算……
嗯！
紙魚子！妳竟然帶我們來看這種櫻花!?
欸？所以才是祕密景點嘛！
哈哈哈，小姑娘眞是風雅啊。
風雅？
對了，三春也這樣寫道：
或許「櫻花樹下埋葬著屍體」是衆所皆知的名句……
但由我來說就是「櫻花樹枝吊掛著屍體」……
嗯……
那個叫三春的……到底是什麼人啊……
他是一名醉心於梶井基次郎[1]的作家，以樹木相關的隨筆散文小有名氣。
不過他去年自殺了……在同一根樹枝上……
所以今天也是他的周年忌日喔。
天啊！這櫻花樹太恐怖了啦！

1 梶井基次郎（1901-1932），日本小說家，其帶有幻想風格的私小說、心境小說作品，對日本後世文壇深有影響。「櫻花樹下埋葬著屍體」爲其作品〈櫻花樹下〉的名句。

哈哈哈哈……小姑娘不僅風雅，還富有膽識吶。這棵櫻花樹的樹枝確實長得很好。
過去也會發生類似之事呢。
請問……你們每年都會來嗎？
倘若每年都能賞花，吾等當然每年都不會缺席啊，此樹偶爾才開花……
這回是第幾次了……？
今年剛好是第十次了呢。
周年忌、三年忌、七年忌、十三年忌……
咦？加上今年才六次而已……？
吾等不認識那個名爲三春的人。此樹自很久以前，每隔百年便會開一次花。
啊……這麼說來，三春也在書中提到百年盛開一次的百年櫻傳說……
百年一次？他們賞了十次花就代表……？
喔！開花了！

好美啊——！
哇！真的突然間就開花了！
可是……櫻花怎麼有點奇怪……
呀啊！花上有人臉!!
這是什麼!?人面櫻嗎？

哇哈哈哈哈！每年的櫻花都如此壯觀啊！
這……這是怎麼回事!?
有鬼啊！我們不小心混進妖鬼的賞花宴了！
諸位小姑娘！吾等可是隸屬平貞盛[2]大人麾下的武將，討伐了將門之亂！
吾等征討將門餘黨、斬殺一千顆首級於此地蓋起首塚，五十年後塚上長出了壯觀的櫻花樹!!

2 平貞盛（917-989），日本平安時代中期的武將。下文的將門爲平將門（903-940）爲其堂兄，曾自立爲王，遭其與其他武將討伐。

此為百年一度的
賞花盛宴啊！
盡情欣賞吧！
從那之後，此樹每隔
百年便開出怨靈之花。
吾等也特地千里迢迢
從地府前來欣賞
此等美景！
在百年一度的
花宴同席，
可謂你我有緣！
一起享受盛宴吧！
討厭啦！
我才不想賞這種
櫻花呢！

現在還有此等好東西啊？
妳們也過來和吾等小酌一杯吧！
只有這根樹枝是正常的，快過來……
小姑娘啊！那根樹枝是妳們的份！
我們的份？
是三春和他太太上吊的樹枝啊！
咦……？
呀！

都是紙魚子害的啦！帶我們來看這種不祥的櫻花樹……!!
我也沒想到屍體竟然還會吊在樹枝上啊！
喔！今年連凋落也很快呢！吾人還想再多看幾眼啊，真是可惜！
這些怨靈還是一樣難纏！
這也是賞花的醍醐味啊！

才不是什麼醍醐味呢！
呀——！
呀——！
今年真是熱鬧呢……
真是的，本以為今年開始就可以兩人安靜度過的……
真沒料到這棵樹有這樣的來歷……
或許我們也是被這些魔物吸引了。
因為微不足道的爭執就上吊自殺，實在是……
畢竟妳從以前就很衝動嘛。
栞——！
上吊的屍體在說話啦——！
噓！假裝沒聽到！

ヒュ——
(咻——)

盛開的櫻花樹下♣完

躊躇坡

要從車站前往三丁目，會經過一條俗稱「躊躇坡」的陡峭坡道。
由於坡道太過傾斜，從下往上看時往往讓人躊躇是否該爬上去，因而得名。
我通常只會在下坡的時候走這條路，盡量避開上坡。
尤其騎腳踏車時，都會特地繞道，走別條路……
那天我有事來到附近，便牽著腳踏車上坡，但走到一半就煩躁起來。
呼……好累啊……

我半路折返，
打算走
別條路……
卻忘了一件
重要的事。
這條坡道
其實
還有另一個
傳聞……
保羅
咦？
這裡有
蛋糕店啊？
歡迎光臨
我要奶油蛋糕、
巧克力蛋糕
和……
啊，這個
看起來也
好好吃……
我回來了——
和樹，
你在路上沒看到
那傢伙嗎？
沒有。

今天應該不會出現了吧？
不能大意！
？
傳聞只要開始上躊躇坡後，不管覺得多煩躁，都絕對不能中途回頭。
（鏘——）
否則就會厄運纏身……
呀！
太、太危險了！那輛車……！
雖然說是傳聞，但也只是我們學校的學長姊流傳下來的告誡而已……

然後妳馬上就遇到不好的事了？
沒錯，我差點就被撞死了！
說到這個，我媽前陣子也在上坡途中想到有其他事要辦，就折返下坡了……
但什麼事也沒發生呢。
那倒是沒關係。
社團的學長說，不能夠因爲覺得很煩躁就放棄爬坡。
這蛋糕好好吃！
對啊！妳在哪裡買的？
坡道下的蛋糕店，剛好經過就買了……
坡道下？躊躇坡嗎？
對啊。
那裡有蛋糕店嗎？
我記得沒有耶……？
最近開幕的嗎？我下次也去買買看。
紙魚子，妳在讀什麼？製造炸彈的書？
這是小說啦。

咦——？
沒有蛋糕店啊？

呀——！
哐
咦……
之前的油罐車……
這是怎麼回事？
該不會是衝著我來的吧……
栞，躊躇坡的下坡沒有蛋糕店啊！
怎麼可能沒有？
聽說那一帶以前有狸貓出沒，妳該不會被狸貓給騙了吧？
說什麼傻話，現在哪有狸貓……
別說那個了，讓人不舒服的厄運好像還沒結束的樣子……

眞的是同一輛油罐車？不是巧合嗎？
看起來是同一輛啊。
就算是別輛車，兩次都差點被油罐車撞上也太巧了吧？
總之去一趟躊躇坡看看？
咦！這裡明明有蛋糕店的！
如妳所見，是一片空地喔。
疏菜店
我去打聽看看。
不好意思，我記得那裡有間蛋糕店……
蛋糕店？那塊空地嗎？
是的，昨天明明還在的……您知道蛋糕店搬去哪裡了嗎？
我昨天就沒看到了啊。
也可能是傍晚的時候搬走了……
怎麼可能嘛！

那裡十多年來都是空地喔。蛋糕店是很久以前的事了……
以前有蛋糕店嗎!?
店名是什麼？
嗯……我記得名字是「多保羅」……
妳去的蛋糕店是叫「多保羅」嗎？
我不記得了。
蛋糕盒上印的就是這個名字吧。那間店後來怎麼了？
十年前發生意外倒閉了。有輛油罐車直接撞上店門……
蛋糕店
多保羅
車子從坡道上急馳而下，一家三口都死了。
聽說可能是酒駕，但我也不太清楚。他們家還有個才讀小學的兒子，眞是太可憐了……
所以那間店是幽靈？蛋糕也是幽靈蛋糕？
但眞的很好吃呢。

別說笑了！我從沒聽過什麼幽靈蛋糕，吃下去不會有事嗎？
難道說會拉出幽靈大◯嗎？
髒死了！
對了，妳知道坡道和那個世界是相連的嗎？
不要嚇我啦。
是眞的，《古事記》也有記載。伊邪那岐大神追尋死去的妻子時……
黃泉之國的妖鬼緊追在身後，祂便登上黃泉津比良坡逃跑，因爲坡道底下就是黃泉之國……
別說了啦。光是被幽靈油罐車追著跑就讓我起雞皮疙瘩了……
有個可以解開詛咒的方法。
眞的嗎!?
聽說只要在黃昏時從躊躇坡頂往下走、在之前折返的地點回頭，重新往上爬完坡道就行了。

要試試看嗎？
當然！雖然還有點早，現在就開始吧。
等一下，上次是騎腳踏車的話，這次也要一樣才行。
那我先回家騎車來！
我家比較近，我的車借妳吧，時間也剛好會是黃昏。
久等了。
騎到坡頂後就換人喔。
（東張西望）
キョロキョロ
妳在擔心什麼？幽靈油罐車不會出現啦！

危
出現～！

看來眞的不是剛好經過的油罐車而已。
呀！又來了……！
紙魚子！快逃！
不用妳說我也會逃！

前面就是躊躇坡了！
要在這裡回頭嗎!?
別說傻話了！怎麼可能在這裡回頭！

慢、慢著……！
坡道底下一片漆黑……!?
（鏘——鏘——）
（鏘——哐——鏘——）

那、那是什麼!?
坡道眞的和地獄相連嗎!?
紙魚子!快轉彎!
蛋糕店
多保羅
キュキキキ
蛋糕店
多保羅
嘰嘰嘰嘰
是蛋糕店!

ドドシャーーッ
(咚——)
這是……海綿蛋糕？
啊！蛋糕店的阿姨！老闆也在……？
(咻咚咚咚)
ズドドドッ
可惡！那傢伙來了！今天一定要趕跑它！
客人，這裡很危險！快點進來吧！

ドーン
ドドン
ドーン
(啪 啪)
バババ
(咚 咚 咚)
蛋糕店一家人在和幽靈油罐車戰鬥！
糟了！蛋糕炸彈打不過的……！
可惡的惡魔油罐車！滾回你的地獄吧！
爸爸！加油！
對了！大叔！這本書可能幫得上忙！
蛋糕炸彈

喔？太好了！我試試看！
不行！來不及了！
妳們幫我轉這個把手！
這是什麼把手？
我也不知道。
危
車子倒退了！
快趁時間停止的空檔來做炸彈！

不行了……
把手越來越重了!!
再撐一下！
加油！
(哐啷 哐啷)
呀！
(咚)
(哐——)
看招！

ゴワァッ
（轟）
ズルッ
（咻嚕）
ダダダーン
（噹噹——）

蛋糕店
多保羅
ザザザーッ
(唰唰唰——)
太棒了！爸爸！我們贏了！
太棒了！滾回地獄吧！可惡的惡魔車！
紙魚子！我們成功了！
好、好像是呢……

紙魚子！蛋糕店呢？
消失了……油罐車也不見了……
它們果然是幽靈吧？
應該是吧？但我們打贏了，車子不會再追著妳跑了吧。
要是那樣就好了……不過那間店的蛋糕很好吃，眞是可惜……
哼哼，我也是這麼想的……
剛才就趁亂拿了幾顆蛋糕。只不過我情急下塞進盒子裡，蛋糕都爛掉了……
太好了！可是錢怎麼辦？
都遇到那種事了不付錢也沒關係吧？
說得也是。我們也拚命工作了……
回我家吃蛋糕吧！

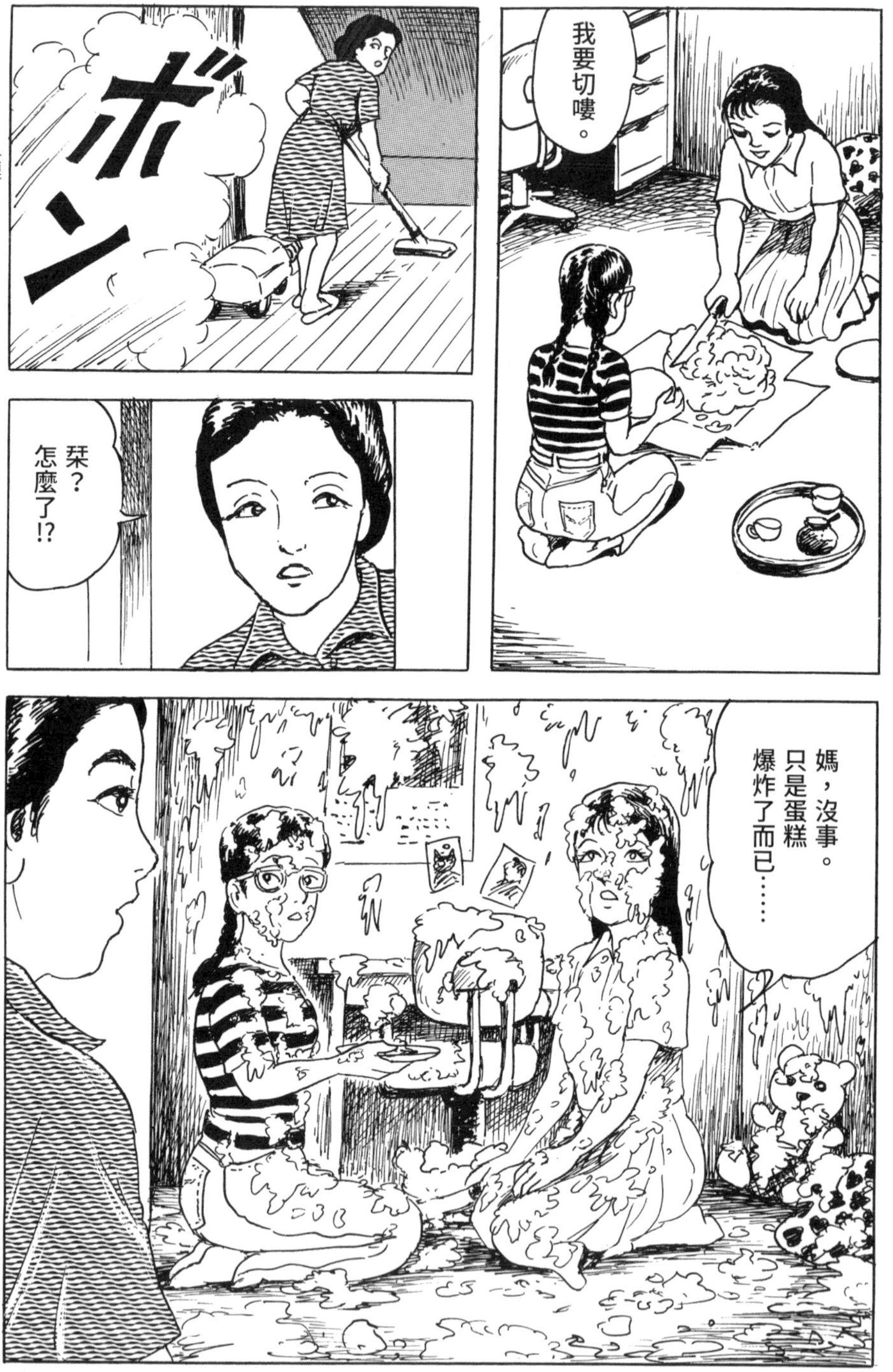
我要切嘍。
ボン
(碰)
栞？怎麼了!?
媽，沒事。只是蛋糕爆炸了而已……

躊躇坡♣完

殺人者的藏書印

（唧—— 唧—— 唧——）
古書
高價收購
《火星上的邪馬台國》。
《京王線沿線吸血鬼傳說》。
《生化嬰兒的逆襲》。
和以前一樣都是些怪書呢……賣得出去嗎？
畢竟是我爸基於興趣蒐集來的書。但我們店還是有不少常客喔。
對了，我可以帶這本書回去讀嗎？
哪本？
這種書的常客都是些什麼人啊？

還沒有標價，是最近才收購的書。
要等我爸回來才知道價格。
咦？要收錢嗎？
當然啊。我們可是在做生意的。
我只是大致看一下而已，明天就還給妳，借我嘛！可以吧？
沒見過像妳這麼厚臉皮的白看書客人。
虹色的逃
湯瑪斯・摩洛霍比
《虹色的逃亡》？懸疑羅曼史嗎？妳喜歡這種書？
眞是沒辦法，不能弄髒喔。對了，讓我看一眼書名。
一讀起來就忍不住在意起後面的劇情了嘛。

呼，好熱。早知道就在紙魚子家納涼久一點了。
在這裡喝杯下午茶吧。剛好有書可以讀……
請問……
什麼事……？
我昨天……在店裡賣了一本書……書名是《虹色的逃亡》……
虹色的……？啊，那本書啊……
我本來沒打算賣的，不小心拿來賣掉了……
我可以買回那本書嗎？不是用賣出的價錢也沒關係，我想重新買回來……
抱歉……我爸現在不在店裡，這種事情我無法……

妳剛才不是說了「那本書」嗎？難道說賣出去了⁉
不、不是的……
PRRR
（鈴鈴鈴鈴）
其實是借給朋友了。不好意思……您可以明天再來一趟嗎？
朋友……剛才的……
喂？啊，爸……
你快點回來換班啦。還有一件事，店裡來了位客人……
他說想要買回昨天賣掉的書……
嗯嗯，是個男的。他人就在這裡……
「艾蜜莉在凌晨的微光下凝視著傑克的睡臉，整整一個多小時，她只是沉默地坐著。」
「她如何也料想不到，這副天真純潔的睡臉底下，竟隱藏著天大的祕密。」
咦？回去了嗎？

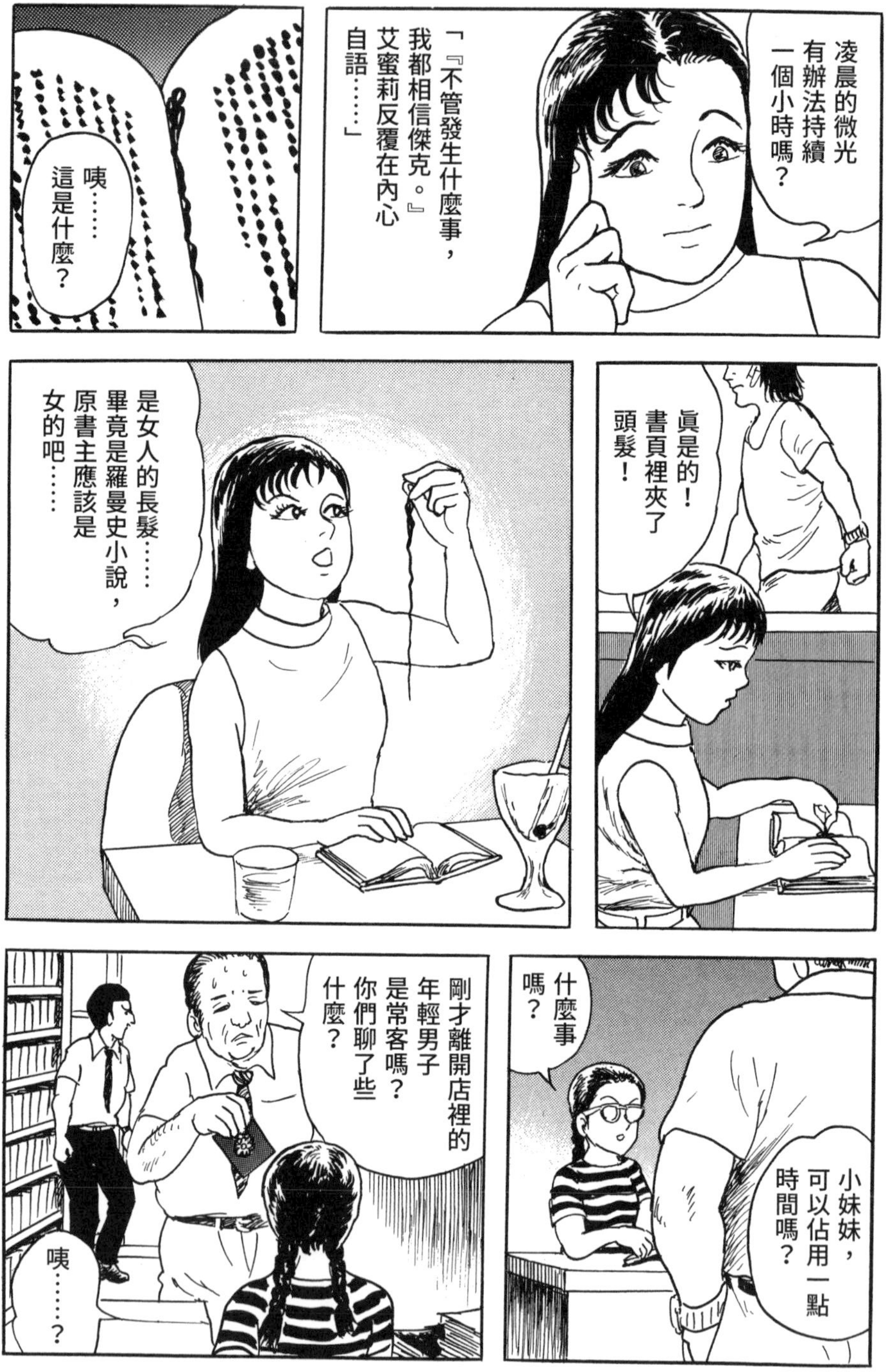
凌晨的微光
有辦法持續
一個小時嗎？
「『不管發生什麼事，
我都相信傑克。』
艾蜜莉反覆在內心
自語……」
咦……
這是什麼？
眞是的！
書頁裡夾了
頭髮！
是女人的長髮……
畢竟是羅曼史小說，
原書主應該是
女的吧……
小妹妹，
可以佔用一點
時間嗎？
什麼事
嗎？
剛才離開店裡的
年輕男子
是常客嗎？
你們聊了些
什麼？
咦……？

「她想要呼救，喉嚨卻發不出聲音。眼前一片黑暗，呼吸也越來越沉重。
公園一片靜謐，就連蟬鳴也消聲匿跡。不，或許是她已經聽不到任何聲音。
搞什麼？女主角在故事一半就被殺了！有這種事？
而且書中提到的小公園……
和上水附近的公園好像啊……
「沿著紅色柵欄往前走，有座隱藏在林蔭下的小公園。」
「沒有盪鞦韆或溜滑梯，只有一座未完工的葡萄棚架。公園雜亂無序，平常幾乎不會有人造訪。」

「接近傍晚時分，淳子獨自在公園讀著書……」
沒錯，就是這座公園。淳子就是在這裡的長椅被叫做佐上的變態殺掉的。
奇怪的小說……本來以爲是羅曼史，讀到一半突然變成驚悚小說……
但不可能是參考這座公園吧？作者是英國人，故事背景也在英格蘭……
等、等一等？女主角的名字不是愛蜜莉嗎？
パラ パラ
(啪拉 啪拉)
沒……沒錯，女主角是艾蜜莉，戀人的名字是傑克。
爲什麼到中間變成了淳子和叫佐上的男人？
而且我還完全沒發現！
不對勁！太詭異了！是從哪裡換名字的？
啊，找到了。從頭髮夾住的地方……
咦……我讀到哪裡了？
對了，在這裡。剛才讀到佐上將淳子的屍體丟到河裡的部分。

「淳子的身軀比想像中沉重，於是佐上幸二……」
咦……又有頭髮了。而且還是濕的，怎麼會……？
把書還來！
呀！
呀——！有變態！

把、把書
還來……？
這本書嗎？
這是我剛從
紙魚子家
借來的書，
不可能吧……
那傢伙到底是
怎麼回事？
好像沒追上來……
他是認錯人了嗎？
都是這本怪書害的！
只剩一點點了，
趕快讀完
還回去吧……

「佐上很在意自己
殺害淳子時傷到
臉頰的創口。」
……

「他背著淳子的
屍體走在漆黑的
道路上，總算來到
長助橋……」
長助橋

長助橋不就是這座橋嗎？英格蘭也有長助橋……？
但是和書上描寫的河川和樹道好像啊……
（啪拉）
ペラ
看來就是以這附近爲背景吧。而且這個叫佐上幸二的角色……
怎麼有污漬……連指痕都好明顯……
ガッ
（抓）
呀！
把書給我！

佐、佐上……
幸二……!?
那本書上果然寫了什麼嗎？要是當時直接處理掉就好了……
慢、慢著！書還給你，你先放開我！
不給我書就殺了妳！
啊！
哎呀……

什、什麼鬼……？
怎麼有手……!?
可惡！書還來！

啊啊啊……!!
唰
栞！
啊，紙魚子……
栞！那本書呢!?
聽說原本持有書的女生被殺了……！

那位淳子好像是在看書時突然從身後被捅了一刀……
佐上的指紋就是被她當時噴出的血印在書頁上。
妳怎麼知道的？八卦節目都沒說得這麼清楚。
那本書上是這樣寫的。
我只讀到佐上將淳子屍體丟進河裡的部分，後面就因爲染上血跡看不清楚了。如果讀到最後不知道最後會怎樣？
妳要看嗎？
的逃亡
這是……那本書？
那本書警察當做證物帶走了，這是我在其他地方找來的書。
我立刻讀了起來，內容果然是艾蜜莉和傑克的愛情故事。

故事揭露艾蜜莉出生的祕密、也洗清傑克偷竊鑽石的嫌疑，迎來圓滿的大結局。淳子和佐上當然沒出現在書中……
我讀的……到底是什麼書啊？印刷出錯了嗎？警方讀到的也是一樣的內容嗎？
誰知道？警察只在意能當成證據的指紋和血跡，內容怎樣都無所謂吧？
那麼，佐上又爲什麼要賣掉會被當成證據的書呢？
關於這點……我爸說來賣書的是個年輕女孩……
「是個長髮的美女，但氣色似乎不太好。」
「頭髮也濕淋淋的……」
……就是這樣。
我總算知道爲什麼有這麼多奇怪的書了。因爲來賣書的都不是普通人嘛。
（唧——唧——唧——）

波里斯的獵物

大姊姊。
大姊姊，妳沒有看到我家的猶格？
猶格？妳在找小狗嗎？還是貓咪？
都不是啦。猶格紅紅的、有一圈圈的圖案喔。猶格不見了啦。
喔？娃娃嗎？我沒看到呢……
猶格——猶格——

波里斯的獵物

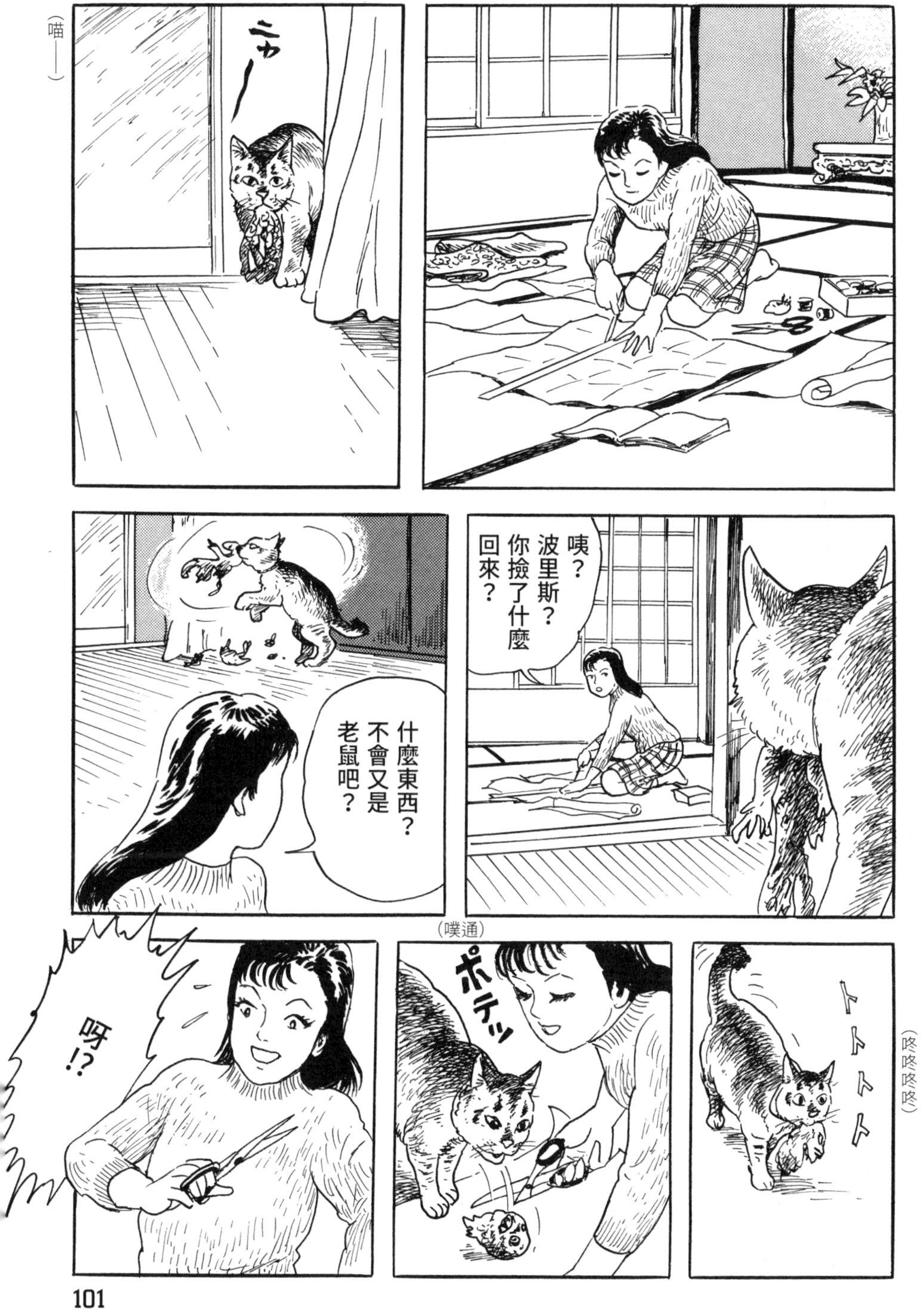
ニャー
（喵——）
咦？波里斯？你撿了什麼回來？
什麼東西？不會又是老鼠吧？
トトトト
（咚咚咚咚）
ポテッ
（噗通）
呀!?

什麼？娃娃的頭？
哎呀——怎麼咬成這樣了……你從哪裡找來的啊？
ピンポーン
(叮咚——)
抱歉，我遲到了嗎？
沒有……怎麼了？
剛才我在那裡遇到奇怪的小孩……

紅紅的、有一圈圈的圖案？
妳知道是什麼嗎？
難道……是這個？
這是什麼？好噁心。發生什麼事了？
是波里斯不知道從哪裡撿來的。如果是那小孩在找的東西，該怎麼辦？
縫一縫應該修得好吧？
這要接在哪裡才對啊？
看起來像手臂，應該要接在肩膀吧？
肩膀又在哪裡啊？
這東西……眞的好怪啊。不但形狀很詭異……還流出髒髒的紅色汁液……好噁心啊！
裡面的填充物也不是棉花……而是塞了像廚餘一樣的東西，太不對勁了。

不要濺到外面喔。那邊也鋪上報紙……
總之先全部縫完，再洗乾淨試試吧。
我想到好辦法了！就照著圖案找出相連的地方縫起來吧。妳看，這裡和這裡是連起來的。
簡直就像拼圖一樣！
縫縫 補補 縫縫 補補
我說……栞……
眞是奇怪的娃娃……眞想看看做出這種娃娃的人長什麼樣子。
……栞
這樣應該就行了吧。啊啊、又流出髒水了……快點收拾乾淨吧。
我說啊……這東西眞的是娃娃嗎？
…………
沒有娃娃長這樣的吧？
是娃娃啦！別想太多！好啦，總算結束了！

可是……果然還是哪裡縫錯了吧？形狀亂七八糟的。
我們可是照妳說的，找圖案相連的地方縫起來的啊。
就這樣吧。快點去洗手吧。
那東西真的不是娃娃吧？摸起來不像布料……還軟趴趴的……
我也這麼想。但如果不是娃娃就太噁心了，才故作鎮定硬是縫完的。
偷偷丟到垃圾桶、假裝沒這回事不就好了嗎？
現在才說這種話……
咦？

娃娃呢？
奇怪……剛才明明在報紙上的……
波里斯又叼走了嗎？
妳有沒有看到放在這裡的剪刀？
栞！腳邊！
咦……!?
太危險了吧！爲什麼針會在這裡……!?
不是妳自己放的嗎？
怎麼可能！
波里斯——！波大人——！
沒看到呢。在二樓嗎？

シュッ
（咻）
ドン
（咚）
剪……剪刀怎麼會放在這種地方！
我不知道啊。
ササッ
（沙沙）
猶—格—！
猶—格—！

猶——格——！
你在——哪裡——？
妳在路上遇到的怪小孩是她嗎……？
就是她。怎麼辦？要告訴她那個破爛娃娃的事嗎……
猶——格——……猶格索托霍特——……
不要吧。娃娃不知道跑到哪裡去了……而且我也不想和那種小孩扯上關係。
也是……
一定是波里斯叼到其他地方去了。算了啦，來喝茶吧。
怎、怎麼回事!?是誰弄的!?

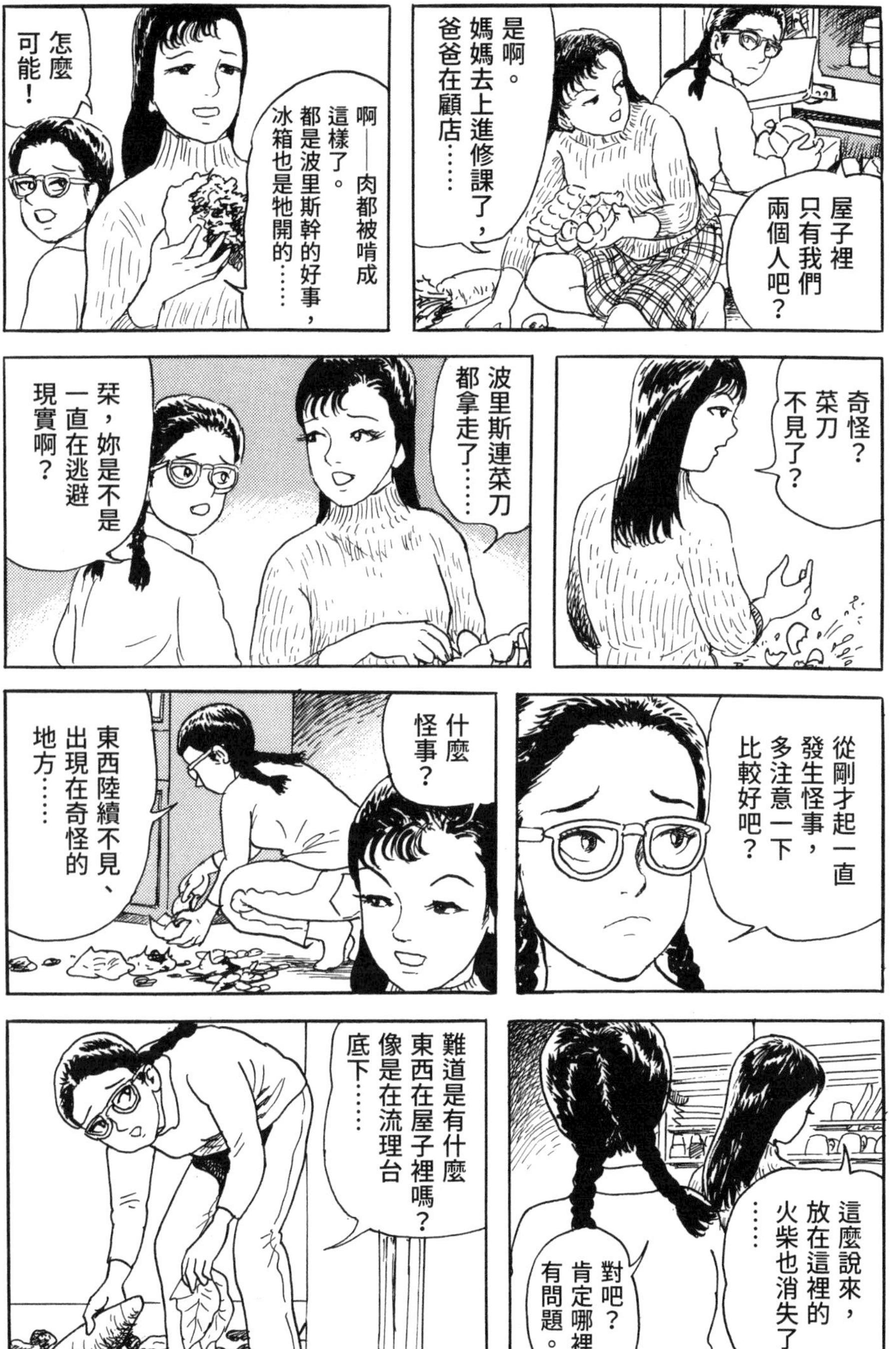
屋子裡只有我們兩個人吧？
是啊。媽媽去上進修課了，爸爸在顧店……
啊——肉都被啃成這樣了。都是波里斯幹的好事，冰箱也是牠開的……
怎麼可能！
奇怪？菜刀不見了？
波里斯連菜刀都拿走了……
栞，妳是不是一直在逃避現實啊？
從剛才起一直發生怪事，多注意一下比較好吧？
什麼怪事？
東西陸續不見、出現在奇怪的地方……
這麼說來，放在這裡的火柴也消失了……
對吧？肯定哪裡有問題。
難道是有什麼東西在屋子裡嗎？像是在流理台底下……

或是櫥櫃上面……
躲著什麼東西……
（啪）
哇！
怎……怎麼了!?
有東西拿著菜刀……啊！逃走了！

(碰)
啊……小心點！
(喀)
哇！
在……在哪裡……!?
慢著……有一股焦味？
在客廳！
(霹哩 啪拉)
パチ
パチ…

（啪拉　霹哩　霹哩……）

哇!
(鏘)
嚇!
紙魚子!牠跑到妳那裡了!
(咻——)
嘎呀!

趁現在！
哇！
怎……
怎麼有
繩子……
(磅)

パクッ
咬住
啊！波里斯！
バリバリ
(啪哩 啪哩)
ビタン
ビタン
(啪 啪)

(啪哩 啪哩 啪哩)
バリバリ
吃掉了……
找到猶格了。猶格，你去哪了？
猶格的頭又不見了呢。在頭長出來前不能亂跑出去喔！
不知道……
她是哪家的孩子啊……？
我們把波里斯沒吃完的部分燒掉了。雖然很擔心波里斯會不會吃壞肚子，但牠看起來沒事的樣子……之後，我們能做的只有祈禱那個奇怪的小女孩不住在附近而已了……

波里斯的獵物♣完

各自的噩夢

「之前看到波里斯在院子裡，我就悄悄湊過去，結果……」
「波里斯那傢伙正打算捉麻雀。牠每次抓到麻雀或小動物都會帶回家裡，弄得一團亂。」
「想到麻雀也很可憐，我便假裝不經意……」

各自的噩夢

波里斯？你在做什麼？
（啪噠　啪噠）
バタバタ
バタバタ
（啪噠　啪噠）
「然後啊，波里斯那傢伙……」
可惜了。
……牠真的這麼說了。
妳這是從《耳袋》抄來的吧？
咦？原來妳知道。

咪——
如果波里斯是人類就好了呢——一次也好，眞希望波里斯變成人類吶——
妳以爲我是誰？我可是以舊書店爲家的紙魚子大人喔。
不過妳不覺得很像波里斯會說的話嗎？
那不就成了怪談或漫畫？很像文學社的洞野那群人會寫的故事……
哎呀！小波——！別跑——！
說到洞野同學，他託我轉交同人誌給妳……
洞野嗎？他爲什麼拜託妳幫忙？
不知道。
算了，等我讀完再來好好笑一笑。
那我先回家嘍。

各自的噩夢

II

洞野是文學社團的一員，
但他非常熱愛恐怖小說，
甚至自費印了恐怖小說的
同人刊物……
《神象怪人的
咆哮》？
什麼鬼？
噗！這次
光書名就
太有趣啦。
在這種地方
看太浪費了，
回到家再好好
笑一笑吧……
我雖然
也投稿過
幾次作品，
但他的小說
與其說恐怖，
反而更引人發笑。
我每次都相當期待。

「主角院堂象太郎
（這什麼怪名字！）
在生化實驗中被植入
大象的基因，
變成了相貌駭人的
神象怪人……！」
「他爲了復仇，
準備向阿武博士的
獨生女里香下手……」
（這是上一話的前情
提要嗎？不對啊！
上一話又在哪裡!?）
「神象怪人
又大又長的鼻子
能發揮恐怖力量。」
「象太郎用長鼻捲起
鐵柵門，口中發出
『咆——』一聲呼吼，
連根拔起柵欄。」
（咆——）
パオー
什麼「咆——」
啦……
嘻嘻，
太好笑了！
咦……？

「里香獨自在房間內顫抖不已。」
「象太郎用長鼻和尖牙撬開玄關大門……」
(喀哩喀哩 嘰……)
ガリガリ
メキ
「他直直衝向里香的房間，『咚咚咚』地踩著階梯而上……」
(咚咚咚……)
奇怪了……為什麼隨著故事情節出現了一樣的聲音？
又不是愛倫坡的《亞瑟家的沒落》……

バタン
（碰）
哈哈……怎麼可能。難道是洞野的文筆好到讓我看見象男的幻覺了嗎？
嗯……「神象怪人放輕腳步，屏住氣息守在門外……」
「他長長的鼻子舉起斧頭……」哈哈……他從哪裡拿來的斧頭啊？
チラ…
（瞥……）
「……他朝房門劈下斧頭。霹哩啪拉，大門應聲碎裂……」
哈……不可能突然有斧頭霹哩啪拉地砍下來吧？

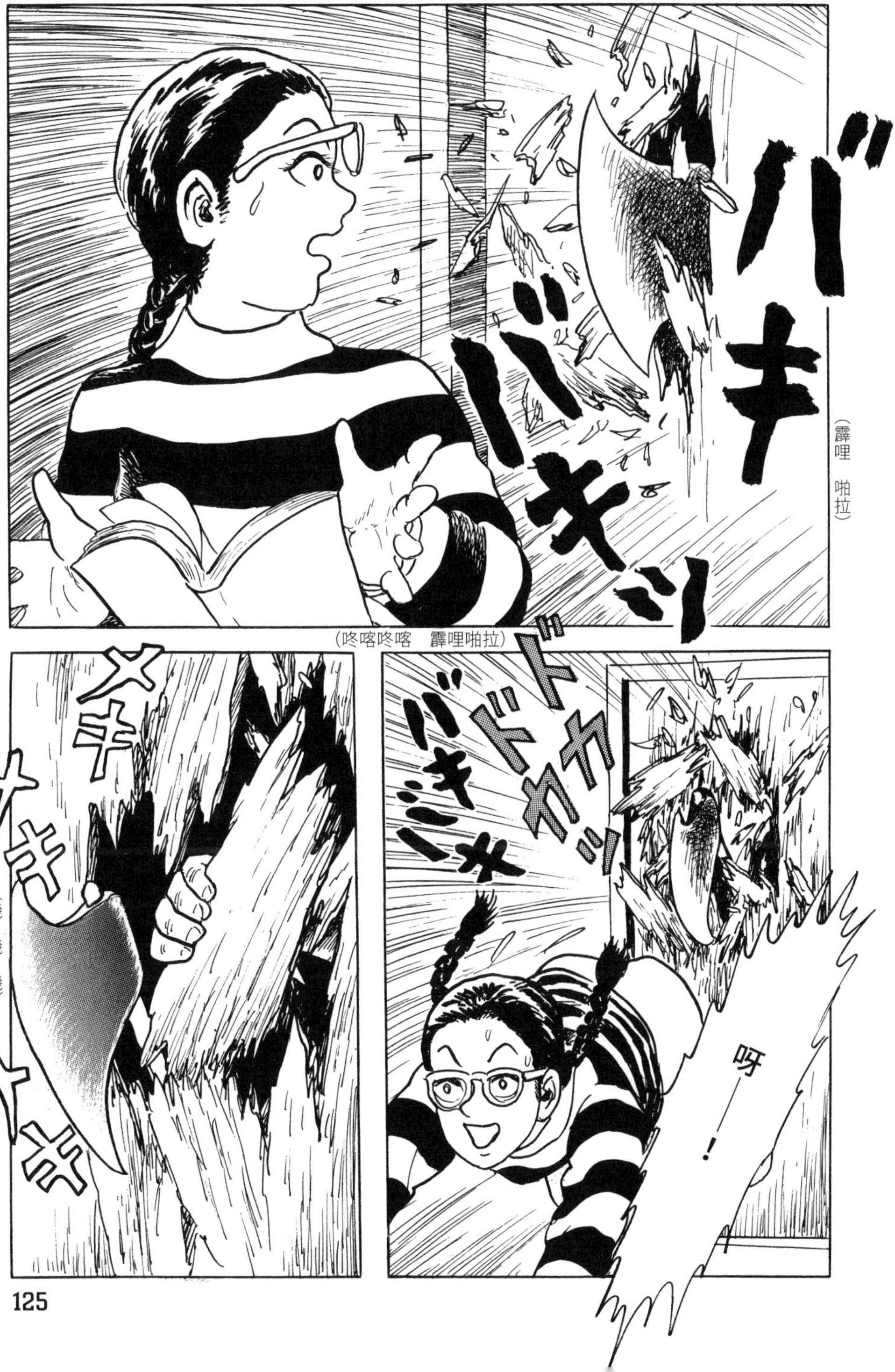
バキ
バキッ
(霹哩 啪拉)
(咚喀咚喀　霹哩啪拉)
ドカカッ
バキャ
(嘰嘰嘰)
呀——!

3 象和內臟的日文同音。

波里斯——！
吃飯了——！
カン カン カン
（哐哐哐）
ガタ…
（喀……）
とた とた
（咚 咚）
你動作眞快。你最近食量是不是變大啦？
咦!?
ムシャ ムシャ
（嚼嚼）

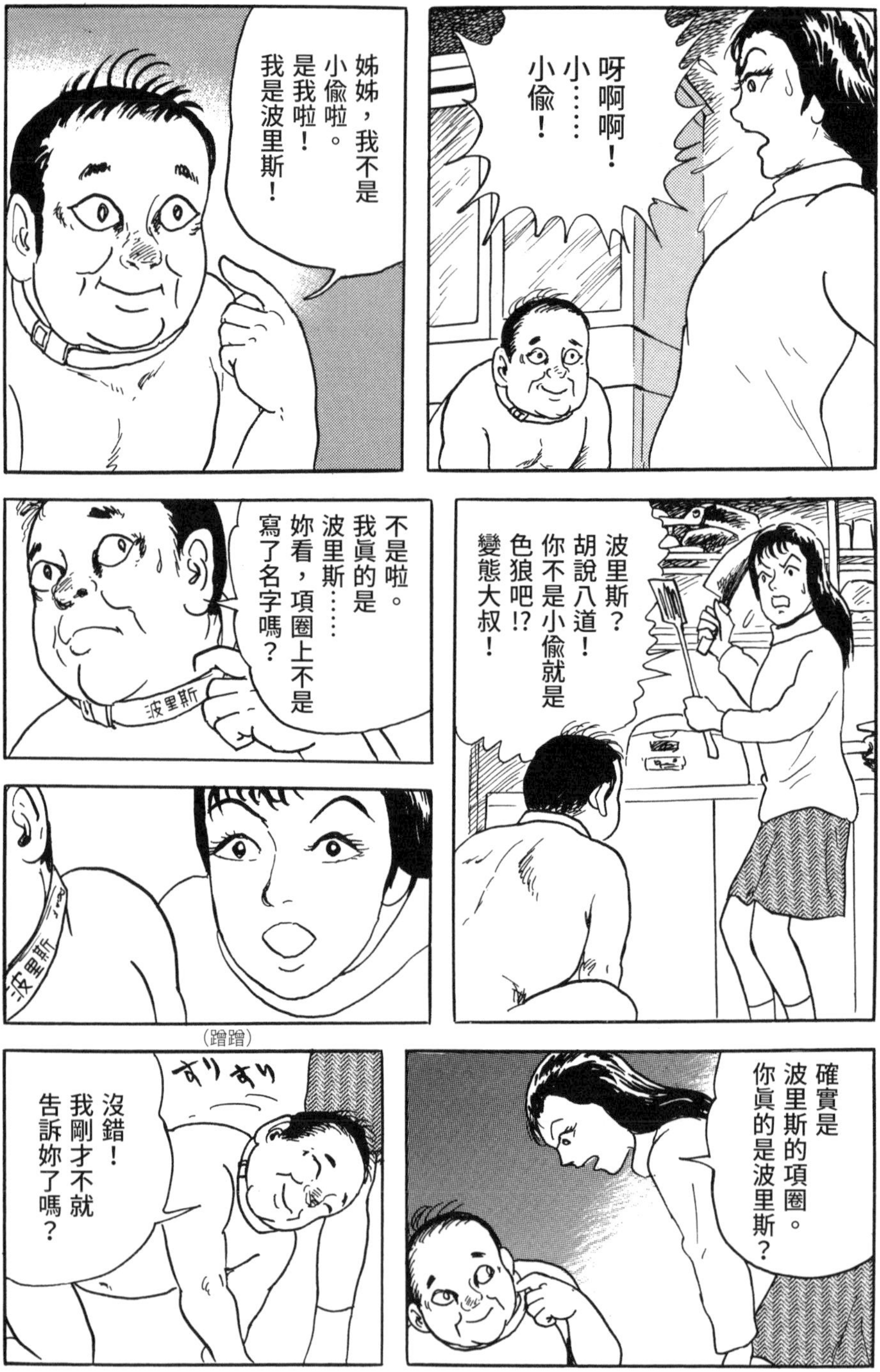
呀啊啊！
小……
小偷！
姊姊，我不是小偷啦。是我啦！我是波里斯！
波里斯？胡說八道！你不是小偷就是色狼吧!?變態大叔！
不是啦。我眞的是波里斯……妳看，項圈上不是寫了名字嗎？
波里斯
波里斯
確實是波里斯的項圈。你眞的是波里斯？
(蹭蹭)
すりすり
沒錯！我剛才不就告訴妳了嗎？

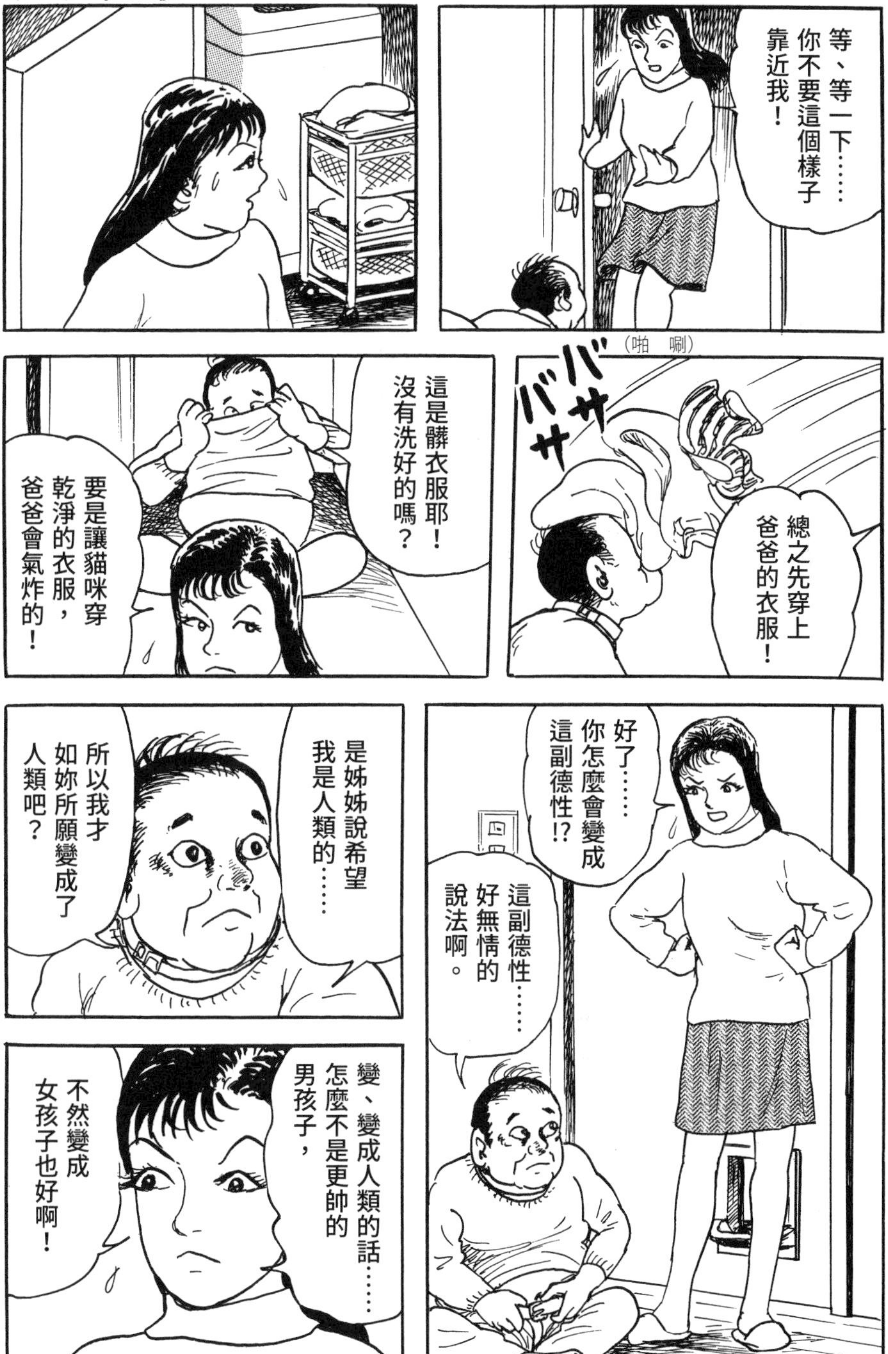
等、等一下……你不要這個樣子靠近我！
バサ バサ
（啪 唰）
總之先穿上爸爸的衣服！
這是髒衣服耶！沒有洗好的嗎？
要是讓貓咪穿乾淨的衣服，爸爸會氣炸的！
好了……你怎麼會變成這副德性!?
這副德性……好無情的說法啊。
是姊姊說希望我是人類的……
所以我才如妳所願變成了人類吧？
變、變成人類的話……怎麼不是更帥的男孩子，
不然變成女孩子也好啊！

不要說些強人所難的話嘛。我都快要六歲了，還是公貓。
六歲的貓咪換算成人類大概是四十歲左右，所以很合理啊。
嗯……你這樣說也沒錯……
對了！吃飽後就要……
（叩！）
ゴッ!!
咦……？今天怎麼鑽不進貓門……
你在做什麼？這副模樣哪鑽得進去？
好啦！你要進洗手間幹什麼？
姊姊！姊姊！
嗯？

抱歉，妳可以幫我打掃廁所嗎？貓砂不乾淨我大不出來……
噁！
貓咪不喜歡骯髒的貓砂。
快住手！你現在是人類的樣子，就乖乖去用人類的廁所！快去！
可是我沒受過人類的如廁訓練啊……
如果從幼貓時期開始訓練，貓咪也能學會用人類的馬桶大小便。
別抱怨了！快去上！
哎……眞是的……爲什麼會變成那種糟老頭啊……
話說回來，我怎麼就順理成章接受了這個設定？
那眞的是波里斯嗎？該不會是哪來的大叔假扮成波里斯潛入家中吧!?

越想越荒謬，哪來做這種無聊事的大叔？
糟糕！媽媽差不多要買完菜回來了！
咦？
跑到哪裡去了？
你……你那副樣子要去哪裡……？
和平常一樣巡視地盤啊。

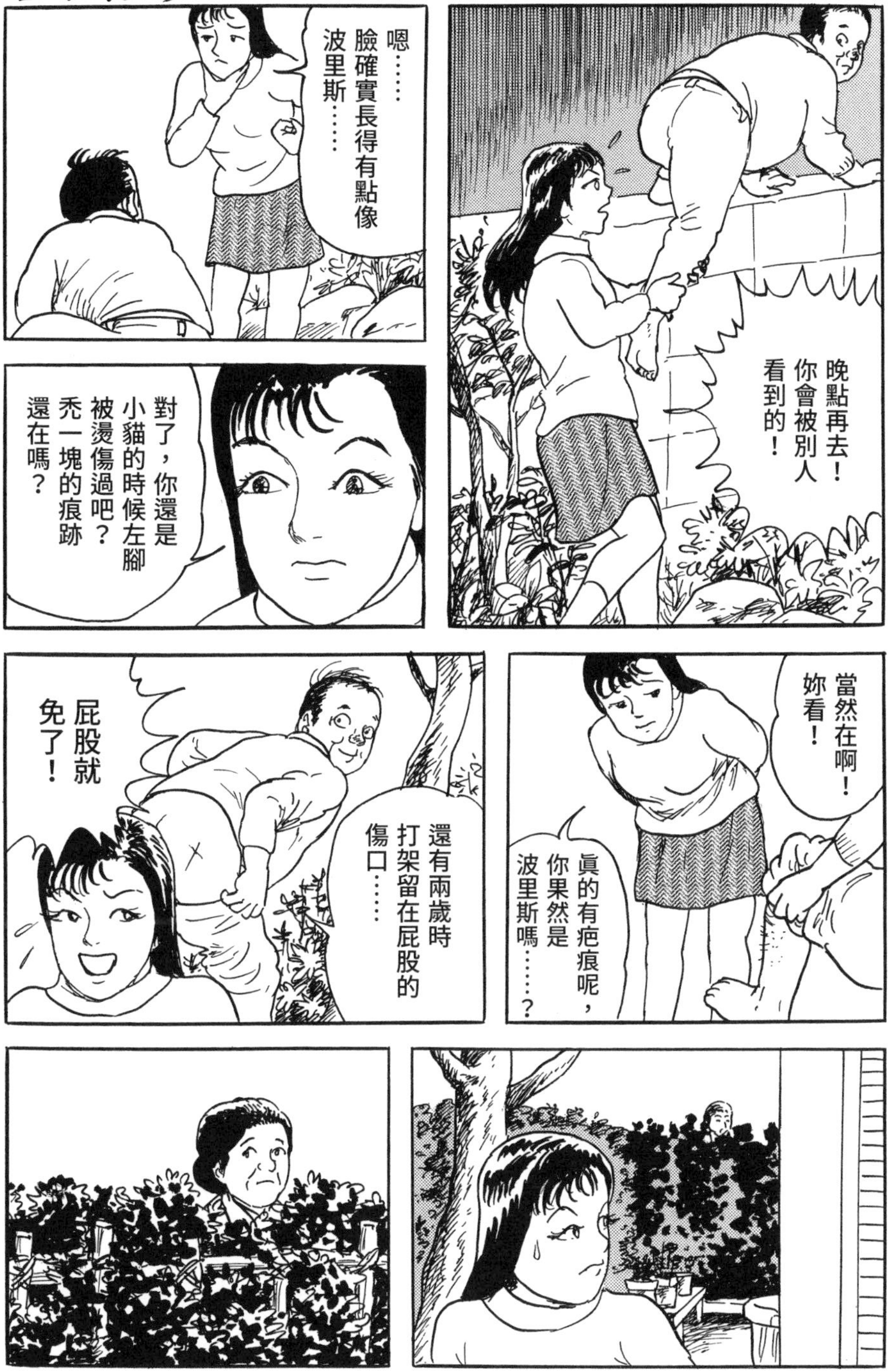
晚點再去！你會被別人看到的！
嗯……臉確實長得有點像波里斯……
對了，你還是小貓的時候左腳被燙傷過吧？禿一塊的痕跡還在嗎？
當然在啊！妳看！
眞的有疤痕呢，你果然是波里斯嗎……？
還有兩歲時打架留在屁股的傷口……
屁股就免了！

總之你先進家裡！要是出現女高中在偷看中年大叔屁股的傳聞，你要怎麼負責!?
(喀洽)
ガチャ
糟糕，媽媽回來了！快躲起來！
我回來了。今天生魚片很便宜，我就買回來了。
(嗅 嗅)
クンクン
ピシャ
啪
波里斯！不可以！

波里斯在家嗎？妳幫我看著，不要讓牠偷吃了。
我知道了。波里斯！快離開這裡！
ドスン
とととと
（咚隆 咚咚咚）
ドス ドス ドス
（咚隆 咚隆 咚隆）
波里斯是不是又變胖了？腳步聲好大。
可……可能吧……
とたとた とたとた
（咚 咚 咚）
跑到哪裡去了？

（簌 簌）
ミシミシ
啊……跑到天花板上了。
姊姊！姊姊！
呃……嗯……
ヘナヘナ…
（癱軟……）
ドスン
（咚隆）

姊姊！妳看！我抓到大老鼠了！很厲害吧！
隨便啦！快丟掉!!
貓咪捉到麻雀或老鼠後，會向主人現寶。
我要暈倒了……這會持續到什麼時候啊……!?
（呼嚕呼嚕）
ゴロゴロ
別……別這樣……!
你快點給我變回貓咪！
咦……但我自己也不知道什麼時候會變回貓咪耶……
太不負責任了……
……難道貓咪都沒有責任感嗎？

喂！走開！不要揉我！
貓咪在撒嬌時會揉東西，也會踩踏毛衣或毛巾。
ドタッ
（咚隆）
好……好重！快走開！
重死了……呃……唔……
唔……呃……

洞野，這個還你。你的「神象怪人」變成「腎臟怪人」了啦！
啊，真的耶！我的輸入法有時候會換成奇怪的字。
託你的福，我做了個噩夢。
栞？怎麼在發呆啊？
我也做了奇怪的夢。

什麼夢？
我現在不想說。紙魚子妳呢？
那我也不告訴妳。
波里斯——！太好了，只是一場夢。
波里斯還是當貓就好了。
你不用變成人類也沒關係。
就算能變成人類也不要變喔！我的小波——！
可惜了。

克蘇魯妹妹

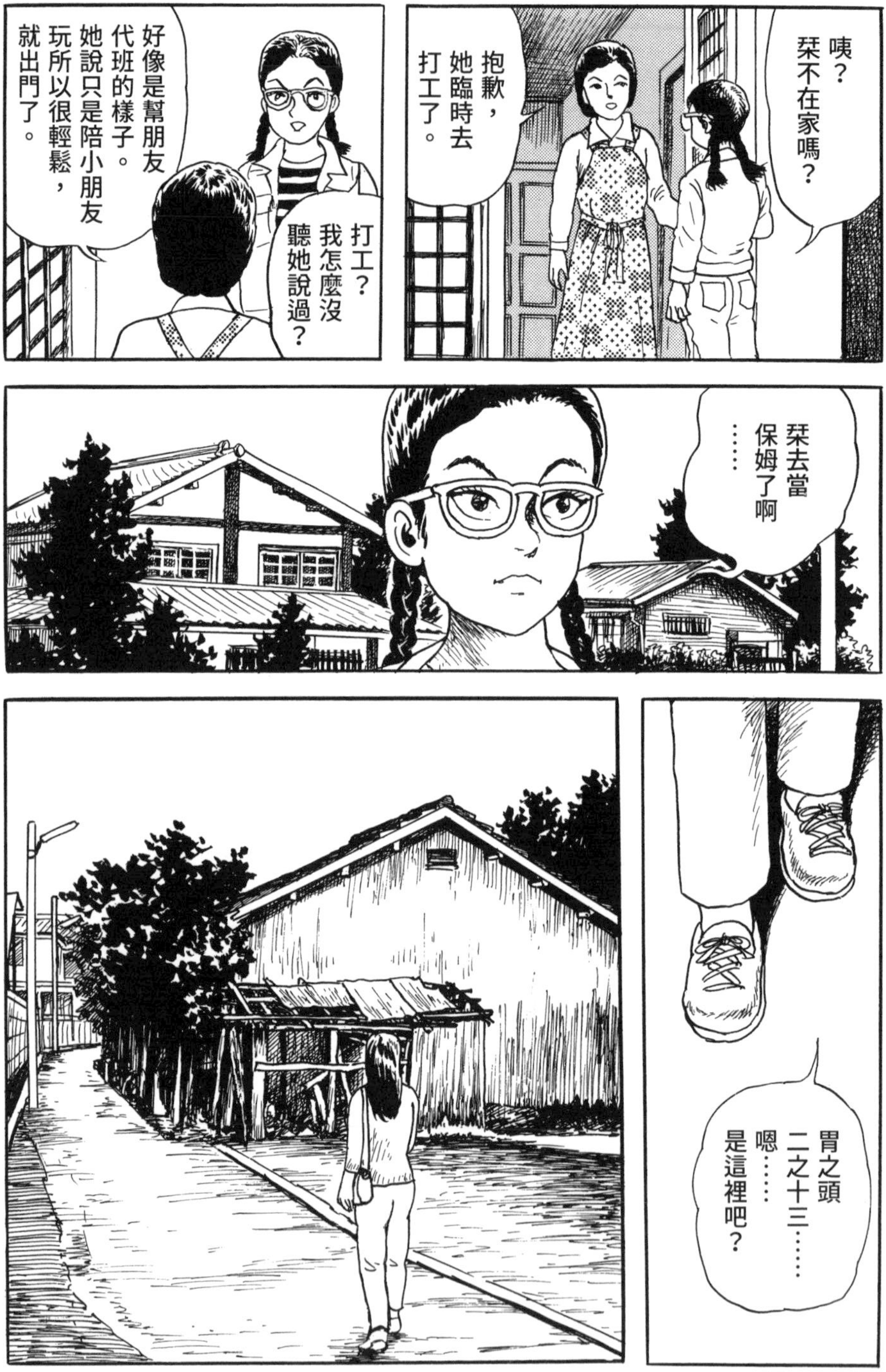
咦？栞不在家嗎？
抱歉，她臨時去打工了。
好像是幫朋友代班的樣子。她說只是陪小朋友玩所以很輕鬆，就出門了。
打工？我怎麼沒聽她說過？
栞去當保姆了啊……
胃之頭二之十三……嗯……是這裡吧？

這不是已經廢棄很久的「鬼屋」嗎？但地圖上的確寫的是這裡沒錯……
眞是不得了的地方……
門口貼著名片，竟然有人搬進這種屋子裡嗎？
段 一知
不好意思……打擾了……

我是「寶寶生活」派來的保姆……
眞奇怪，應該要有人在家的啊……
這紙箱……裝了什麼嗎……？
碰

呀！
哇哈哈哈哈！
那……那天的小孩!?
大姊姊！妳是今天陪我玩的人嗎？
是……是啊……
難道……她就是我要照顧的小孩？怎、怎麼辦啊……？
妳……妳剛才在玩什麼呢？
異形家家酒——！
接下來我要黏在姊姊臉上、手伸進嘴巴裡喔！
我……我們晚點再玩這個遊戲吧？
對了，妳的家人不在嗎？
在喔——！
太好了，他們人呢？
不要管他們！來玩嘛——！

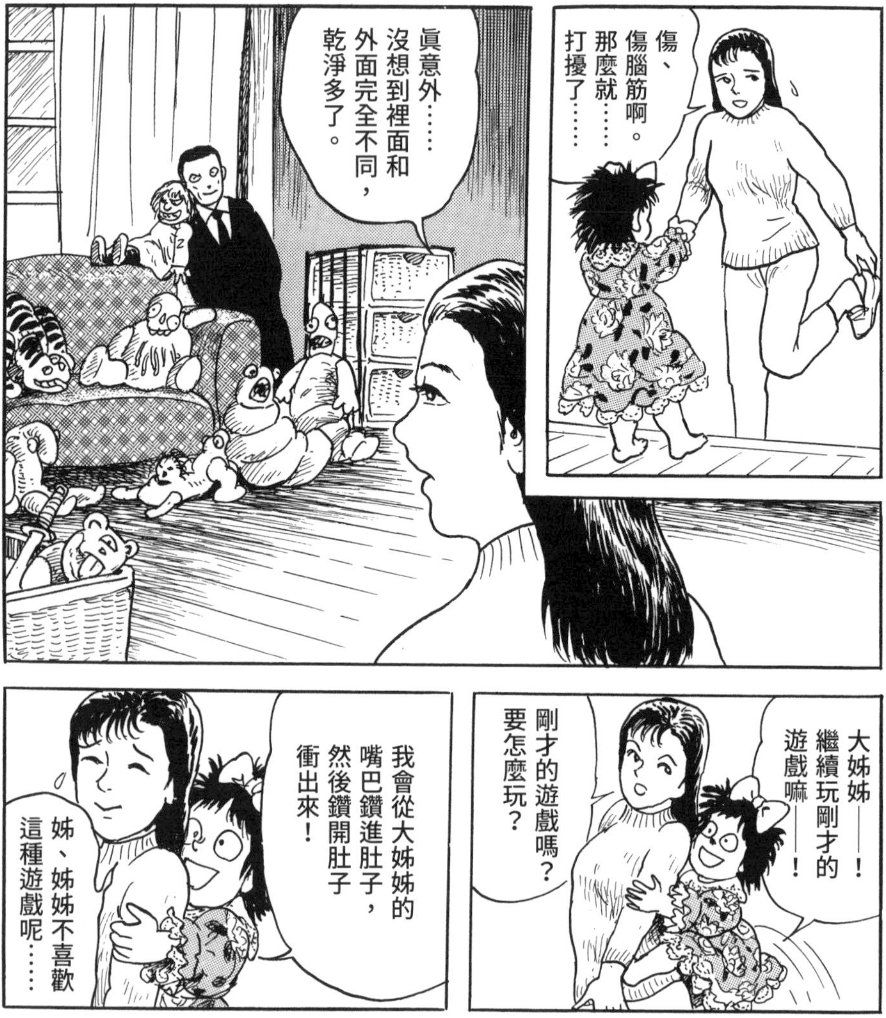
傷、傷腦筋啊。
那麼就……
打擾了……
眞意外……
沒想到裡面和外面完全不同，
乾淨多了。
大姊姊——！
繼續玩剛才的遊戲嘛——！
剛才的遊戲嗎？
要怎麼玩？
我會從大姊姊的嘴巴鑽進肚子，然後鑽開肚子衝出來！
姊、姊姊不喜歡這種遊戲呢……
媽媽都會陪我玩的——！
眞是好媽媽啊。
對了，
妳叫什麼名字？
克蘇魯！
克蘇魯？
是妳的綽號嗎？
算了，隨便。
眞是個好名字，
聽起來像外國人…

嗯！我媽媽是外國人喔！
哎呀，原來是這樣。難怪不像人……說錯了、不像日本人啊……
妳有好多娃娃啊。
對啊！我們來玩娃娃吧！
好啊，要和哪個娃娃玩呢？
我來教妳！
妳看！泰克利、利！泰克利、利！
別、別玩這遊戲了。
爲什麼？爸爸很喜歡呢！

要好好愛護娃娃喔。
哇！妳有好多種娃娃！
討、討厭啦……怎麼全都像波里斯上次抓回來的怪物娃娃……
妳的娃娃……都很特別呢。
是媽媽做給我的！她說只有猶格陪我太孤單了……
那、那個叫猶格的……果然是娃娃嗎？
猶格是我朋友喔！有一圈圈的圖案很可愛！
這、這樣啊……猶格好像不在這裡呢……
喔！這個看起來很正常！雖然大了點，但我們來玩這個娃娃吧。
哇哈哈哈哈哈哈哈哈！

哇哈哈哈！成功啦、成功啦！抱歉嚇到妳啦，我是克蘇魯的爸爸。
咦……請問……您一直在這裡嗎？
沒錯！哈哈哈哈！妳以爲我是娃娃吧？昨天的女孩子也被我騙了呢！
但我以爲今天來的是同一個人，還想說同樣的手段行不通了……
哈哈哈哈！大成功！
早苗那傢伙！說什麼有急事……是因為不想面對這對奇怪的父女，才把我騙來吧……
請問……府上只有父親在家嗎？母親呢……？
我太太也在喔。但她有點那個……
妳也知道，我們家有外國人嘛。所以有點這樣那樣……
總之我必須去一趟出版社。五點之前就拜託妳照顧了。

好了，我們來玩吧。除了娃娃外還有什麼玩具嗎？
來扮家家酒吧——！
ドン
（咚）
等、等一下……這不是眞的菜刀嗎？這塊肉要拿來做什麼？
猶格的點心。
原、原來猶格不是娃娃，是寵物嗎？猶格現在在哪裡啊？
某個地方！
這……這樣啊……在某個地方啊……大姊姊要先回去了……
不能回去！
ガタ…
（喀噠……）
不好意思……
是……是的！
啊！媽媽！

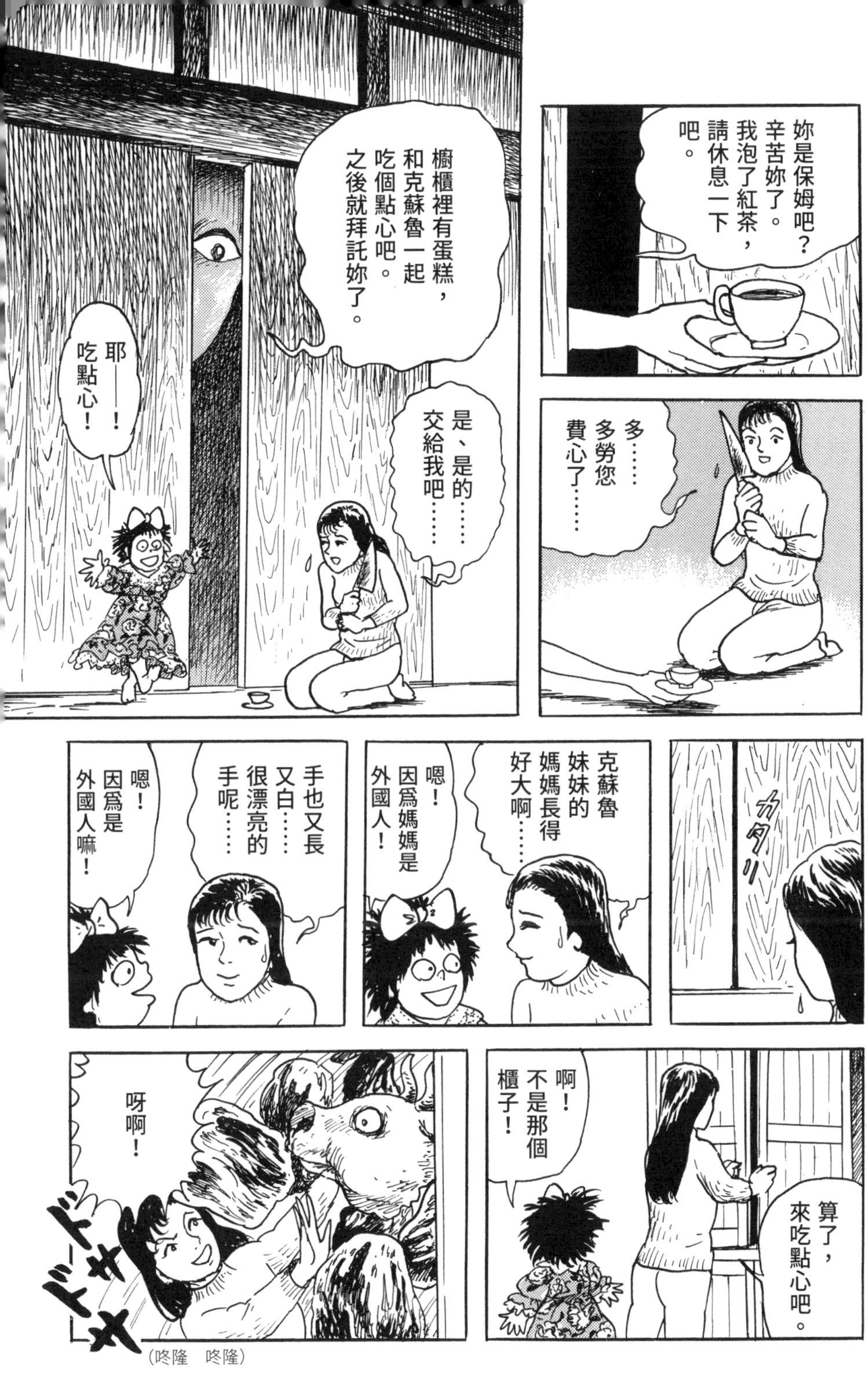
妳是保姆吧？辛苦妳了。我泡了紅茶，請休息一下吧。
多……多勞您費心了……
櫥櫃裡有蛋糕，和克蘇魯一起吃個點心吧。之後就拜託妳了。
是、是的……交給我吧……
耶——！吃點心！
カタリ
（喀噠）
克蘇魯妹妹的媽媽長得好大啊……
嗯！因爲媽媽是外國人！
手也又長又白……很漂亮的手呢……
嗯！因爲是外國人嘛！
算了，來吃點心吧。
啊！不是那個櫃子！
呀啊！
（咚隆　咚隆）

這……這也是猶格的點心嗎？
不是喔！這是媽媽要吃的。
她的食量眞大呢。
嗯！因……
因爲是外國人吧？
(嗡——)
あむ！
(吞！)
ゴクン
(咕嘟)
(嗡——)
プ〜〜ン
(啵)
パクッ

（啪）
克蘇魯！太沒禮貌了！
我……我的蛋糕給妳吧。
（吞）
克蘇魯！不要做奇怪的事！
泰克利、利！泰克利、利！
我、我先失陪了。

不能回去！
我、我知道了啦。那我們來玩正常的遊戲吧！
去二樓念書給我聽！
這屋子沒有二樓吧？
有喔——！跟我來！
我什麼都沒看到……我什麼奇怪的東西都沒看到……
眞的有二樓！這屋子比外面看起來更寬敞呢。這是妳爸爸的書房嗎？
念這本——！
哇！是立體繪本呢。

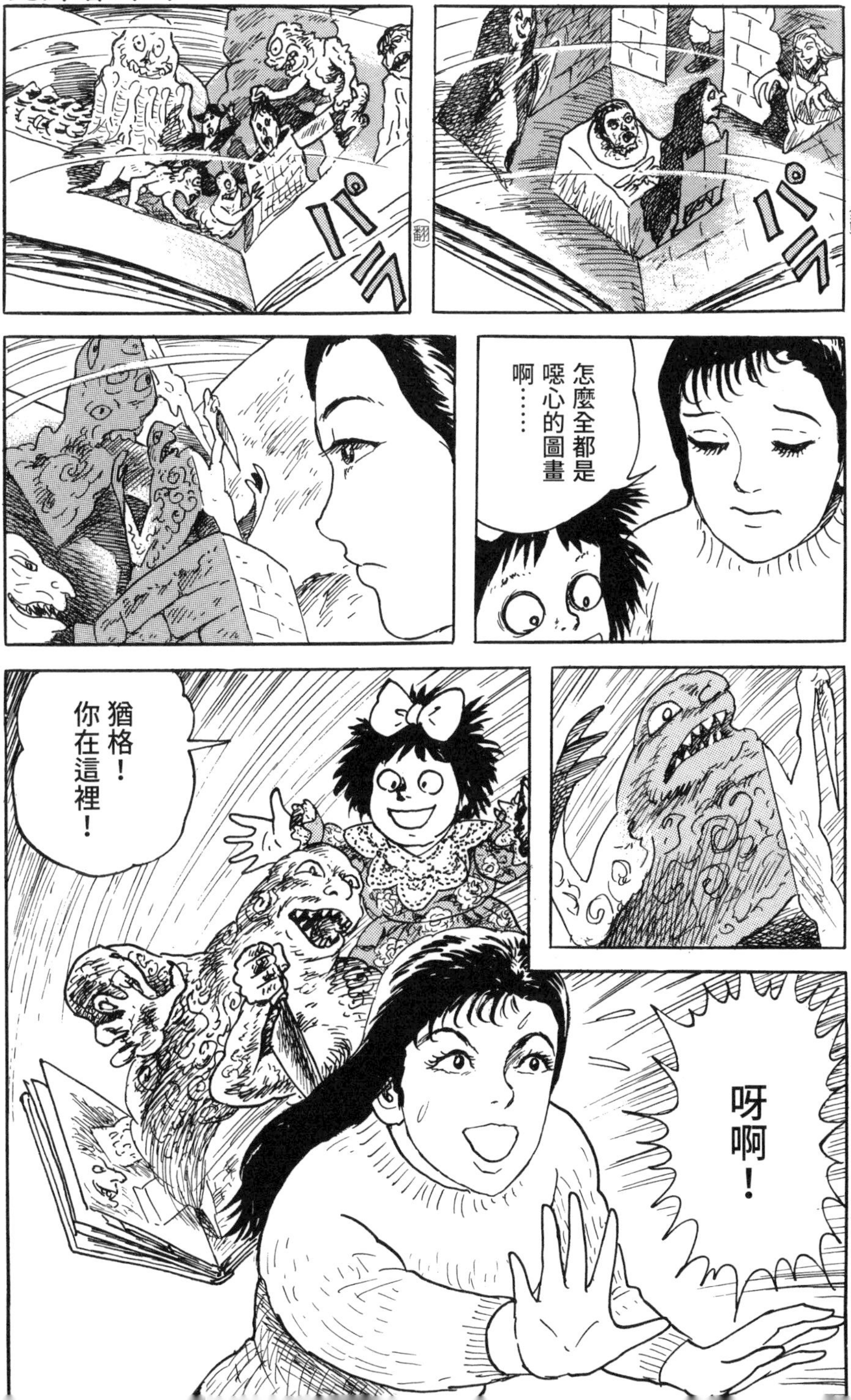
パラ
翻
パラ
翻
怎麼全都是噁心的圖畫啊……
猶格！你在這裡！
呀啊！

呃……是這裡吧。這間鬼屋什麼時候有人搬進去住了？
門口貼的是名片，不是名牌啊。「段一知」？
難道是那位特立獨行的知名恐怖作家段一知？
如果眞的是他，就算搬進這種廢屋也不奇怪……
不好意思，我是宇論堂的人，剛才接到您來電聯絡……
聽您說有書想賣，我就來拜訪了……沒人在家嗎？

是這些書嗎？
都是老爸會樂得買下來的書呢。如果有簽名就更好了。
這邊的呢？
這不是立體繪本嗎？也是要賣的嗎？
咦？
（翻 翻）
パラ パラ
栞怎麼會出現在繪本裡？
（翻）
パラッ

克蘇魯妹妹♣完

猶格的反擊

波里斯從昨天就一直沒回家。牠還是小貓時就住在這一帶，不可能迷路的啊……
波里斯——！
波——里——斯——！
カン カン カン カン
(鏘鏘鏘)
牠從來不曾走失過，我實在太擔心了，便到處尋找……
(哇—— 哈—— 呀——)
キャ キャ ギャ
幼稚園怎麼那麼吵？
發生什麼事了嗎？

泰克利、利！
泰克利、利！
是克蘇魯妹妹。
我去其他地方找吧……
泰克利、利！
泰克利、利！
不會吧……
啊！是紙魚子！
栞！我有線索了！

眞的嗎!?
有人說在「鬼屋」附近看到像波里斯的貓……
鬼屋？克蘇魯妹妹家？
沒錯。恐怖作家段一知老師住的地方……
討、討厭啦。我本來不想靠近這裡的……
段老師雖然個性古怪，但是個好人。
克蘇魯妹妹是很胡鬧沒錯，可也不是壞孩子……我只怕……
猶格……
栞，妳身上帶著什麼武器嗎？
這個。
眞危險……不要隨便揮來揮去喔。

猶格的反擊

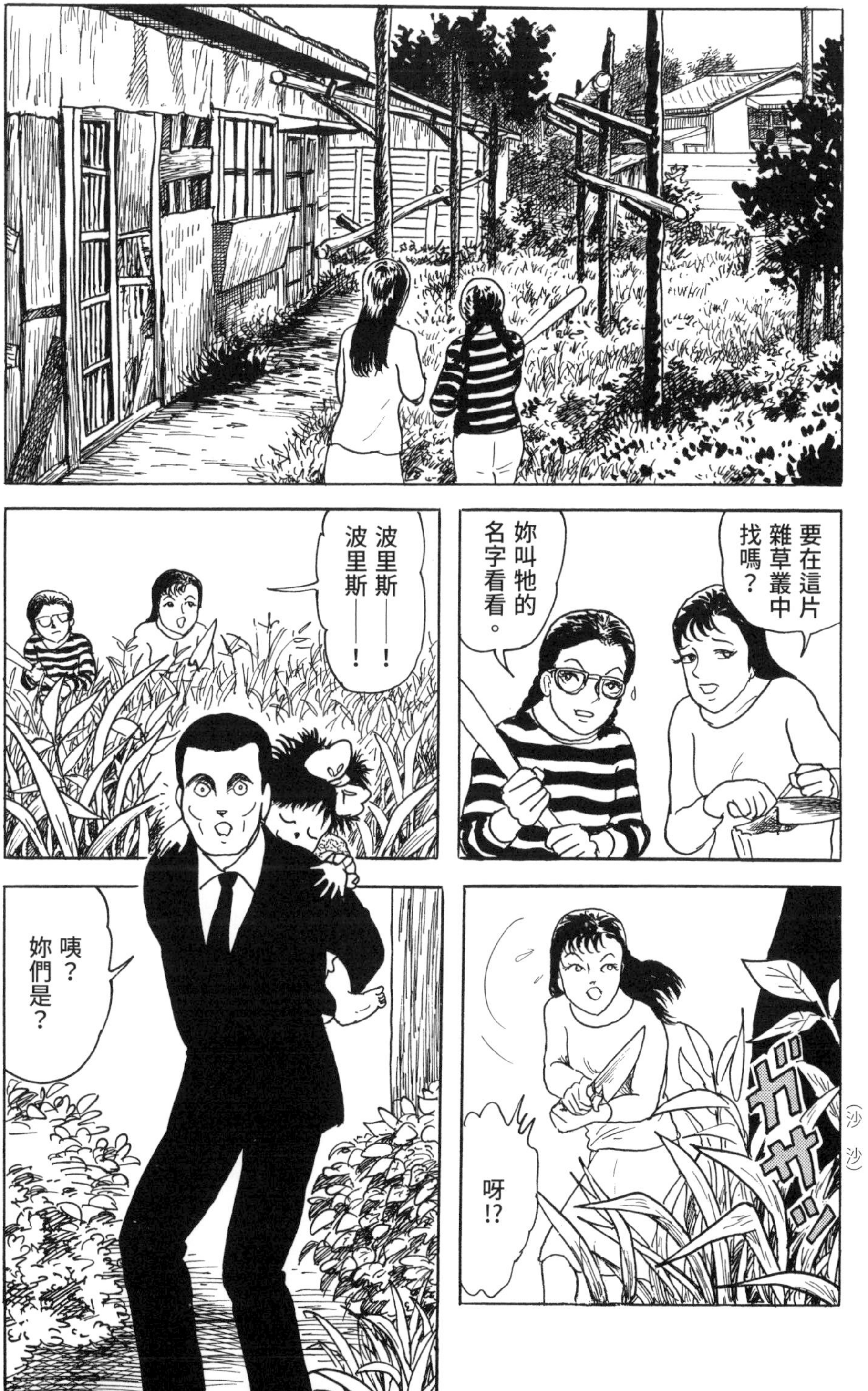

要在這片雜草叢中找嗎？
妳叫牠的名字看看。
波里斯——！波里斯——！
呀!?
ガサッ
沙沙
咦？妳們是？

啊，原來是段老師……
這不是栞嗎？還有宇論堂的小姐。
我叫紙魚子。抱歉……我們擅自走進來了。克蘇魯妹妹睡得很熟呢。
（太好了！）
畢竟她胡鬧……不是、玩得很盡興嘛。
我讓她進了幼稚園，但才第一天就因爲無法適應團體生活被送了回來。眞傷腦筋啊。
因爲胡鬧嗎？
不是的，她只是活潑了一點而已。小孩子不都是這樣嗎？
才不是呢……
只不過啊……
克蘇魯妹妹不但會吃蒼蠅、蟬、蝸牛、壁虎，還一口吞掉螞蟻和鼠婦，連飼養箱裡的螽斯都不放過……
我們擔心其他小孩會爭相模仿……
連幼稚園老師都這麼說。
她在家裡都好好吃飯了啊，爲什麼還這麼貪吃呢？難道是因爲還在發育嗎？
問題不在吃多少，是吃了什麼吧。
栞，有空再來陪克蘇魯一起玩吧。她很喜歡妳呢。
呃、不了，我……有點……不太方便……

ドッ
(咚)
咦……？
妳啊！這屋子是租來的，不能打穿牆壁啦。
抱歉，我拿鍋子時不小心跌倒了……
妳小心一點。因爲妳特別這樣那樣……
妳……妳看到那張超大的臉了嗎？
她是克蘇魯妹妹的媽媽啦，聽說是外國人。
哪有這種外國人啊！
段老師，其實……我家的貓不見了……
喔？是這樣啊？我沒看到呢……不過妳們要在我家院子找的話就請自便吧。

還有一件事……您府上是不是有一隻叫做猶格的……寵物……？
猶格？
喔！那傢伙可能又跑到哪裡睡覺去了。
因爲平常一起玩耍的克蘇魯不在家嘛。
老婆！妳知道猶格在哪裡嗎？
牠昨晚好像蓋了祭壇在祈禱……
可能是想見見老朋友吧？
又來了嗎？我明明禁止牠這麼做了，眞是拿牠沒辦法。
祭壇？
祈禱？那傢伙嗎？
總之我會在那邊待著，有事的話就叫我一聲。
您們連隔壁的空屋也租下了嗎？
是啊，那邊是我工作用的房間。

波里斯好像不在這裡，不管怎麼喊都沒回應。
還不知道呢。可能身軀已經漸漸冰冷了……
別說那種不吉利的話啦。
出現了！
ゴッ
(叩)
嗯？這是什麼？
咦？
這就是祭壇嗎？
猶格蓋出來的？
不會吧……是克蘇魯妹妹做的吧？

快看！
是波里斯的項圈！
牠果然在這附近。
不好意思……妳們要不要進來喝杯茶呢？
克蘇魯應該差不多要睡醒了……
好……好的……非常謝謝您……
剛才的聲音……是從屋頂上傳來的吧？
噓！這種小事就別在意了……

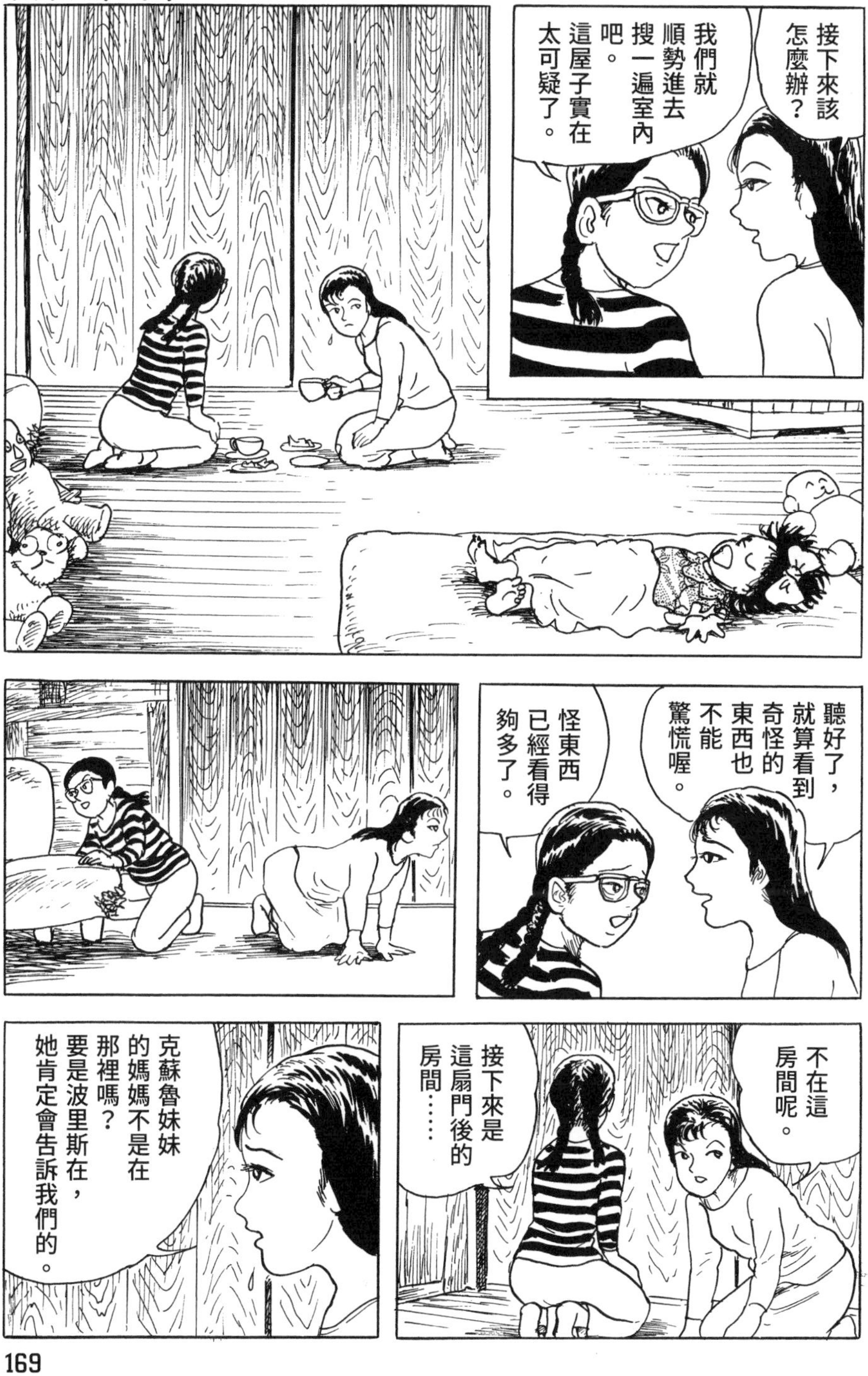
接下來該怎麼辦？
我們就順勢進去搜一遍室內吧。
這屋子實在太可疑了。
聽好了，就算看到奇怪的東西也不能驚慌喔。
怪東西已經看得夠多了。
不在這房間呢。
接下來是這扇門後的房間……
克蘇魯妹妹的媽媽不是在那裡嗎？
要是波里斯在，她肯定會告訴我們的。

克蘇魯妹妹睡著後也是個可愛的孩子呢。
是、是嗎……？
(咻)
ピュルッ
(嗡——)
プ〜ン
她真的睡著了嗎？
應……應該吧……
(喀噠……)
カタン
差不多該來晾衣服了。
(咻嚕)
(咻嚕)
キュッ
キュッ
(咻嚕)
(咻嚕)
(咻嚕)
キュッ
キュッ
キュッ

（咻嚕）
キュッ
（唰 唰 唰）
ざわ ざわ ざわ
紙魚子，是不是有什麼東西經過了我們後面……
是什麼東西呢……妳回頭看一下。
妳去看啦。
那、不然這樣……我們同時轉頭吧。
數到三就轉頭……可以吧？
好，要同時喔。一、二……
三！
什麼嘛！是克蘇魯妹妹的媽媽啦。
眞是的，嚇了我一跳。
趁現在去偷看一眼。
嗯。

不在耶。
不能小看這棟屋子，它會莫名變出照理說不存在的房間……
這麼說來，妳之前也從立體繪本裡跑出來了呢。
我們分頭尋找吧，我去勘查廁所。
咦？
怎麼只有這邊的地板疊在一起？

バタッ
（啪）
底下翻出了一個房間！簡直像立體繪本一樣。
啊！紙魚子姊姊！謝天謝地！快救救我！
什、什麼？大叔你是誰？
爲什麼知道我的名字？

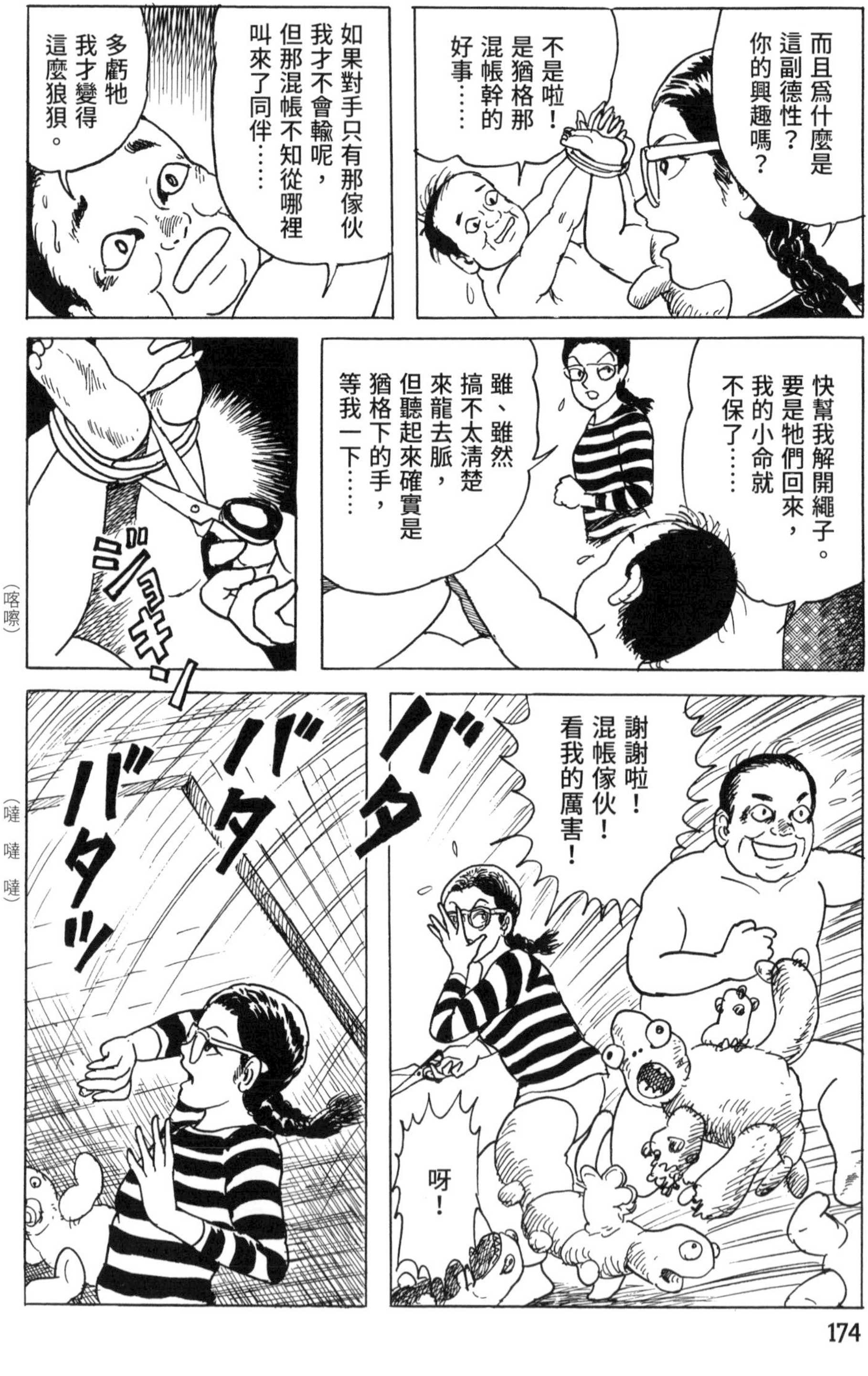

而且爲什麼是這副德性？你的興趣嗎？
不是啦！是猶格那混帳幹的好事……
如果對手只有那傢伙我才不會輸呢，但那混帳不知從哪裡叫來了同伴……
多虧牠我才變得這麼狼狽。
快幫我解開繩子。要是牠們回來，我的小命就不保了……
雖、雖然搞不太清楚來龍去脈，但聽起來確實是猶格下的手，等我一下……
ジョキッ
（喀嚓）
バタ
謝謝啦！混帳傢伙！看我的厲害！
呀！
バタバタッ
（噠噠噠）

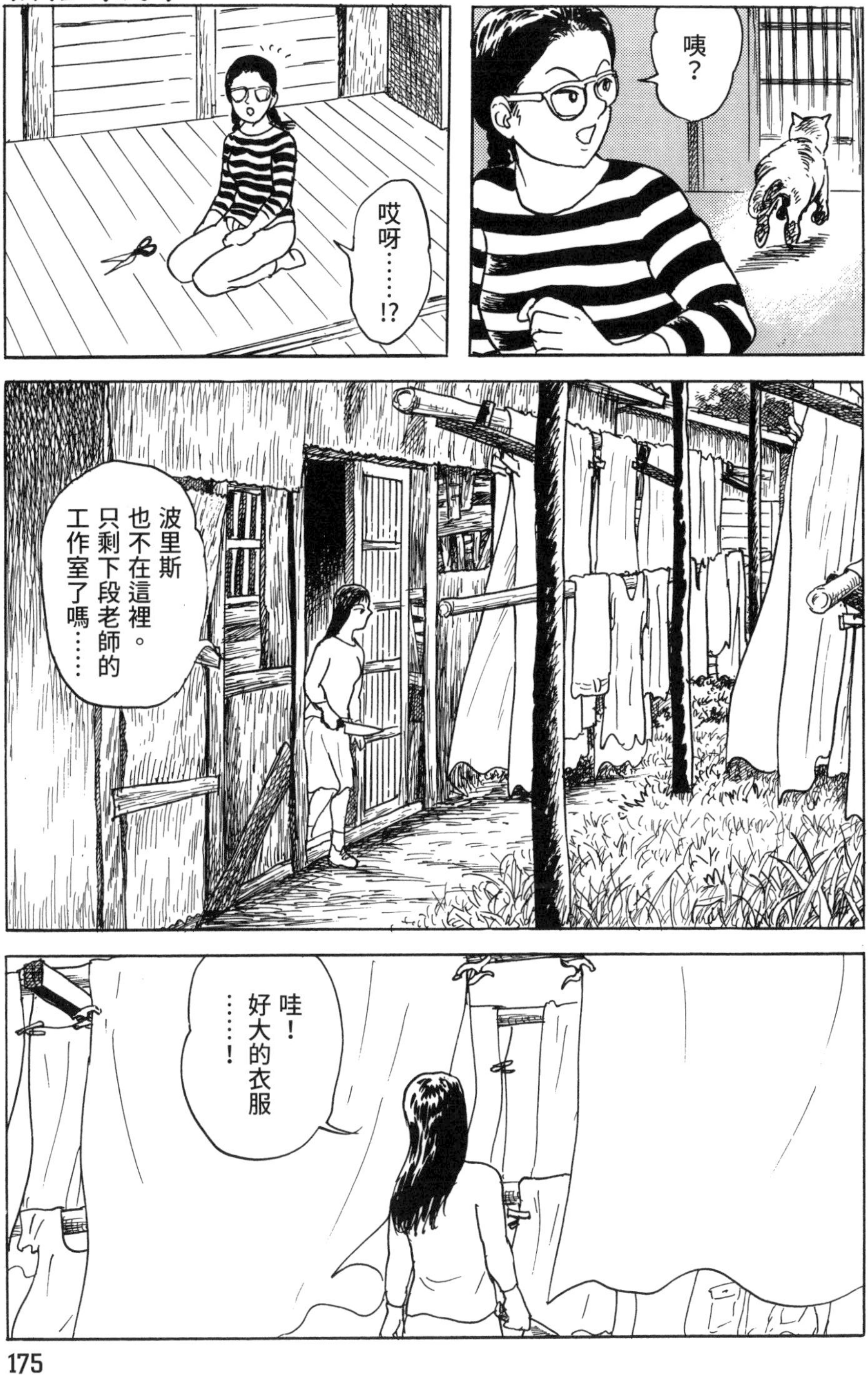
咦？
哎呀……!?
波里斯也不在這裡。只剩下段老師的工作室了嗎……
哇！好大的衣服……！

呀！
哎呀，抱歉嚇到妳了……
不、不會，沒想到突然冒出……抱歉，沒想到您也在啊……
咦？妳手上的菜刀是？
沒、沒什麼……我剛好在家裡幫忙準備晚餐……
喔？妳煮飯到一半跑過來啊？
對、對啊。我得趕快找到波里斯，早點回家才行……
ギュッ
（咕溜）
嘰！

呀啊！
スパーッ
（唰）
ピョーン
ピョン
ピョン
ピョーン
（跳跳跳跳）
ひょら
ひょら
ひょら
（咻咻咻）

眞是的，居然跑來這麼多……
眞拿猶格沒辦法……
ぽい
(吞)
請問……那是什麼東西？
牠們是猶格的朋友。猶格可能是想念朋友吧，偶爾會找牠們過來，眞是傷腦筋。
找……從哪裡……過來……？
從我的母國啊。猶格也是我從老家帶過來的……
每當猶格在那個祭壇吟唱起奇怪的祈禱文，牠們就會馬上過來了喔。
嘰！嘰嘰嘰！嘰嘰！
糟糕……我該不會殺了牠的朋友吧？
別在意，我之後也打算抓幾隻來當點心。妳要來一隻嗎？
不、不用了。

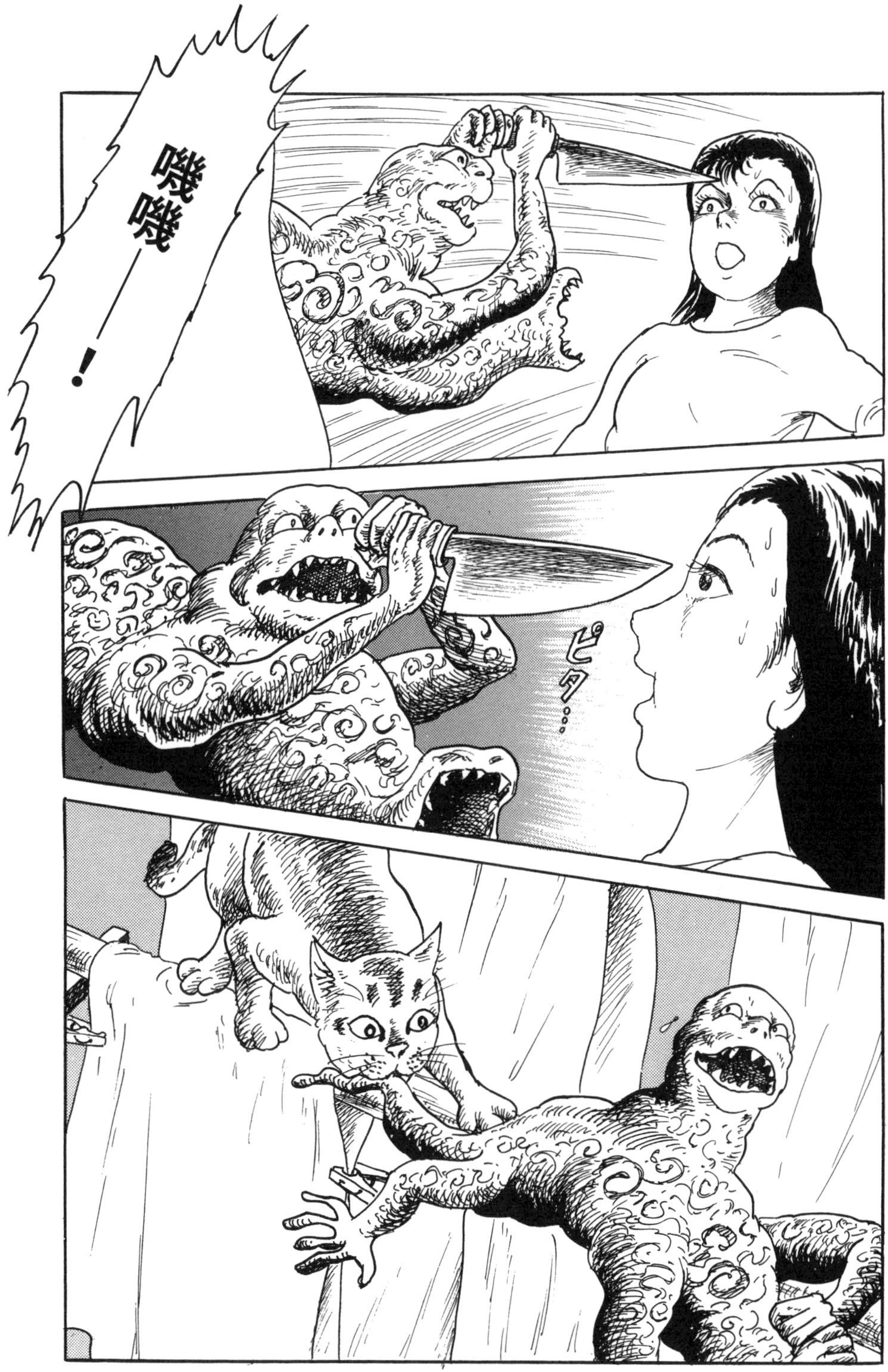

嘰嘰——！
ピタ…
（停下……）

呀——！
啊——！
啊！
ズパーッ
波里斯！
(唰)
ブツッ
(噗嗤)
(噠)
タッ
波里斯！你到哪裡去了？
找到貓咪了啊。太好了。

糟、糟了！猶格的頭……！
不用擔心，還會再長出來的……反正牠的頭也經常不見。
對了……該來準備晚餐了。
哇！是大姊姊！大姊姊來找我玩了！
呃……慘了……

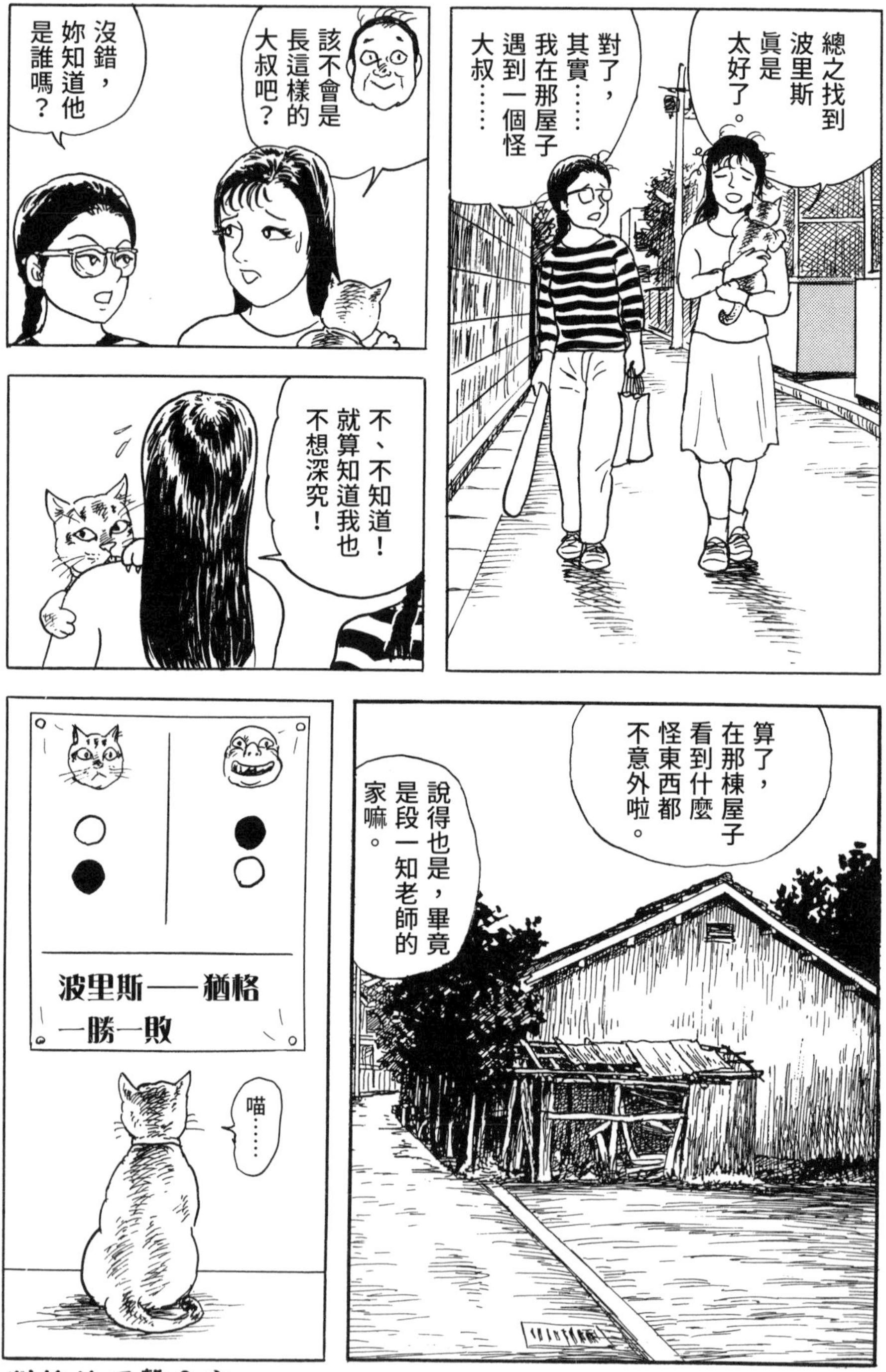
總之找到波里斯真是太好了。
對了，其實……我在那屋子遇到一個怪大叔……
該不會是長這樣的大叔吧？
沒錯，妳知道他是誰嗎？
不、不知道！就算知道我也不想深究！
算了，在那棟屋子看到什麼怪東西都不意外啦。
說得也是，畢竟是段一知老師的家嘛。
波里斯——猶格
一勝一敗
喵……

月光影蟲

最近，附近的小公園傳出了小孩子的幽靈會在月夜下現身的流言。
只要在滿月照耀下的夜晚前往公園，即使四周空無一人，也能看見小孩子的影子。
前面就是那個公園了。
栞……妳覺得眞的會出現嗎？
如果傳聞是眞的，就會出現吧？
咦——！我不要去了啦！
爲什麼？出現的話不是很有趣嗎？

噓——！我們到了。
這公園連路燈都沒有，太不舒服了……
我們特地來探險，確認傳聞是否屬實。
雖然也找了紙魚子……
我今天晚上有事情。
啊！出現了！就在攀爬架那裡！

啊！眞的耶！盪鞦韆也有！
討厭啦！
抓到了！

哇啊——！
喂！早苗！等等我！
妳們兩個！別走嘛！
喂——！再多看幾眼嘛！他們看起來不會害人啊……
哎——
早苗——町子——

眞是的！她們跑去哪裡了？
咦？這不是栞嗎？
紙魚子！妳在這裡做什麼!?
如妳所見，我在抓昆蟲啊。
抓昆蟲？在晚上嗎……!?
因爲是只會在月夜下出現的稀有昆蟲。妳又在做什麼？
啊，對了對了！出現了喔！那邊的公園出現了影子！
影子？
啊，重點不是影子啦……就是在滿月之夜只會出現影子的那個啦！
喔？原來是那個啊。我也捉到一隻了喔。
妳捉到了？眞的嗎!?

妳看！
什麼？這不是空的籠子嗎？
妳看影子！
影子？
咦？籠子的倒影裡裝著某種東西……？
但、但是……籠子確實是空的啊……？
這是月光影蟲啦。妳不是也在找這種昆蟲嗎？
月光……什麼蟲？
我說的不是蟲子，是……類似人類的東西……？總之是小孩子的影子！不過這也好有趣！
月光……什麼來著？

是這個啦。
我家最近進的書。
奇妙昆蟲圖鑑
月光影蟲 等
書上介紹到許多有趣的昆蟲，我就出來找找看了。沒想到這一帶有不少呢。
怎麼辦？我們丟下栞逃跑了。她會不會被幽靈抓走啊!?
不……不會的啦……
她的神經很大條，說不定一個人看得很開心呢……
她那不叫神經大條，根本是少根筋了。
我們回頭去找她吧？
才不要！
妳爲什麼會答應一起來找幽靈啊？
我沒想到眞的會出現嘛。

呀！幽靈追上來了……！
不是啦，是栞！幸好妳沒事……
咦？紙魚子也在……
早苗，町子，妳們看！這東西好有趣！
「月光影蟲。影蟲目、月光影蟲科的統稱。特徵是僅能在月光下確認其存在。生態和分布狀況不明……」

呃……是很有趣沒錯啦，我們換個遠離公園幽靈的地方看吧？
哇——這是眞的嗎？太厲害了！眞不敢相信！
幽靈？
啊！沒錯！光顧著看蟲都忘了！
其實我們今天是來公園找幽靈的……
對了，紙魚子要不要一起去看？
咦!?要回公園嗎!?
她眞的是少根筋呢。
但說不定能見識到幽靈的眞面目，一起去看看吧？

太好了！幽靈還在！
眞的耶！這比蟲子有趣多了。
它們是不是月光影蟲的同類啊？
嗯……不知道呢。
畢竟它們很像嘛！都只有影子、只會在滿月下出現……
但我沒聽過什麼月光影人啊。
我有主意了！捕蟲網借我！
妳想做什麼？
栞……等一下啦！
她不只少根筋，是少了好幾根吧……

我想想……
書上說這樣就不會照出網子的影子，是靠近獵物的訣竅。
嘿！
抓到了！
哇啊！栞把幽靈抓來了！
眞是的！妳到底在想什麼啦！

妳啊……人頭也好幽靈也罷，只要在外頭發現稀有的東西都會帶回家嗎？
這和紙魚子抓的蟲沒兩樣啊？
哪有……不太一樣吧？
妳看，它很乖的，好像還和我的影子變成朋友了呢。
它真的沒有實體耶。妳接下來打算怎麼辦？
它比人頭可愛多了，我乾脆來養它吧！名字就叫影男！

妳高興就好……話說妳本人和影子的動作不一樣呢。
咦？眞的耶！
書上寫「目前尚未發現月光影蟲以外的類似生物」……它果然是幽靈吧？
不要說這種嚇人的話啦！
嗯……？
啊！什麼時候……!?
喂！妳爲什麼打影男？
我……我才沒有打它呢……！

影子擅自打起架來了……
紙魚子也看見了嗎？
啊！消失了？
因爲月光被遮住了。
它們也消失了嗎？
月光影蟲的話，下次月光出現時，就還會在籠子裡……
早知道就把影男也關在籠子裡了，但那樣也有點可憐就是了……
總之等明晚月亮出來就知道了。

栞……
妳們後來
沒事嗎？
我和影男
處得很好喔。
雖然月亮消失後
它也跟著不見了
……
影男……？
聽、聽我說，
我後來去打聽了，
那座公園以前是間
小學……
戰爭時遭受空襲，
燒死了很多小孩子……
那個果然是幽靈啦！
會被詛咒的！
栞，
今晚月亮出來時
我再去找妳。
妳們也一起
來嗎？

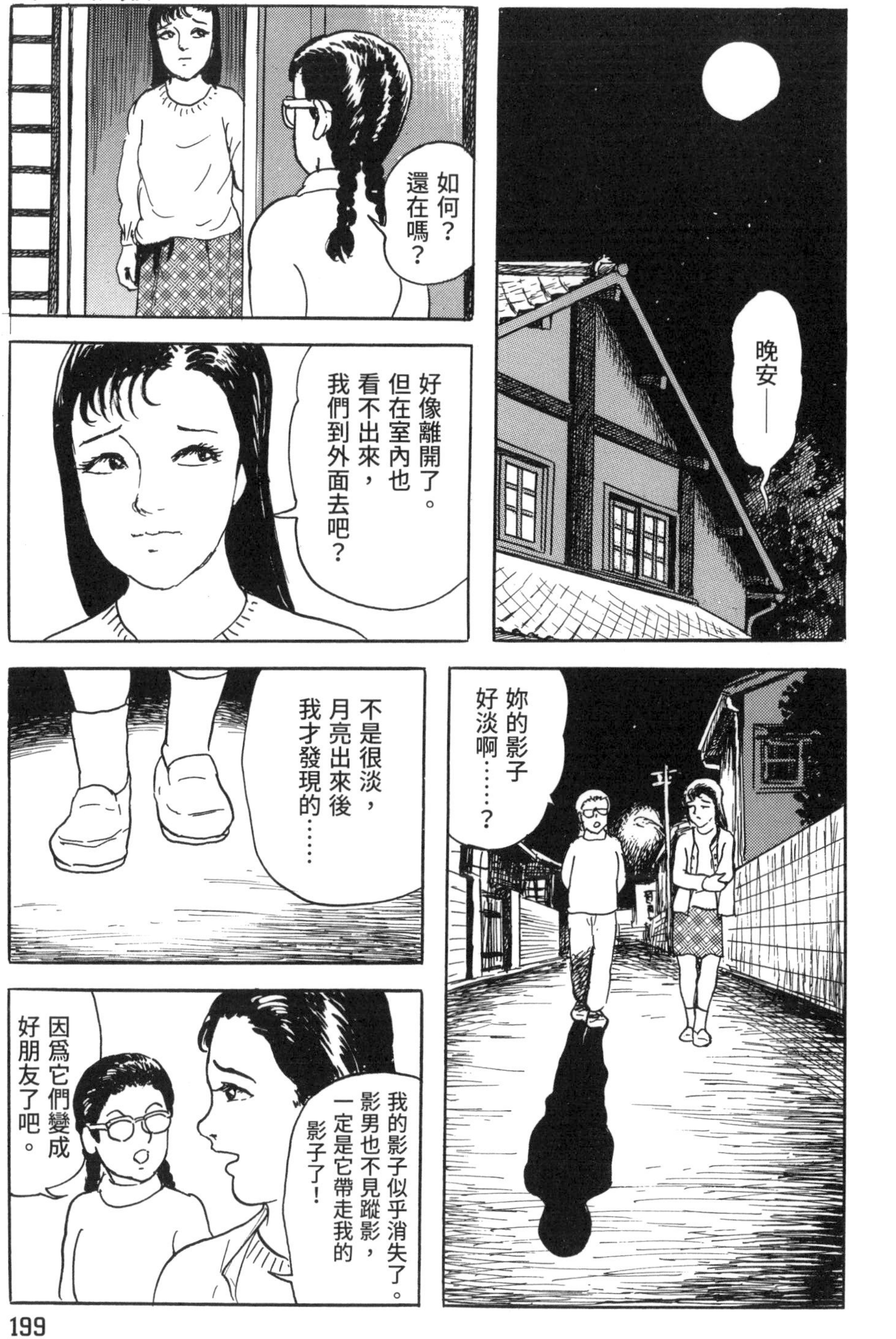
晚安——
如何？還在嗎？
好像離開了。但在室內也看不出來，我們到外面去吧？
妳的影子好淡啊……？
不是很淡，月亮出來後我才發現的……
我的影子似乎消失了。影男也不見蹤影，一定是它帶走我的影子了！
因爲它們變成好朋友了吧。

從昨天就這樣嗎？難道妳一直都沒發現？
妳跟我來。
啊！有影子了。
在陽光和燈光下就和平常沒兩樣。影子只有在月光下才會消失的樣子。
它們果然是尚未被發現的月光影人嘍？
那爲什麼要帶走我的影子呢？
總之我們去趟公園吧。
現在不是滿月，它們還會在嗎？
如果是月光影蟲的話，滿月前後兩三天都會出現……

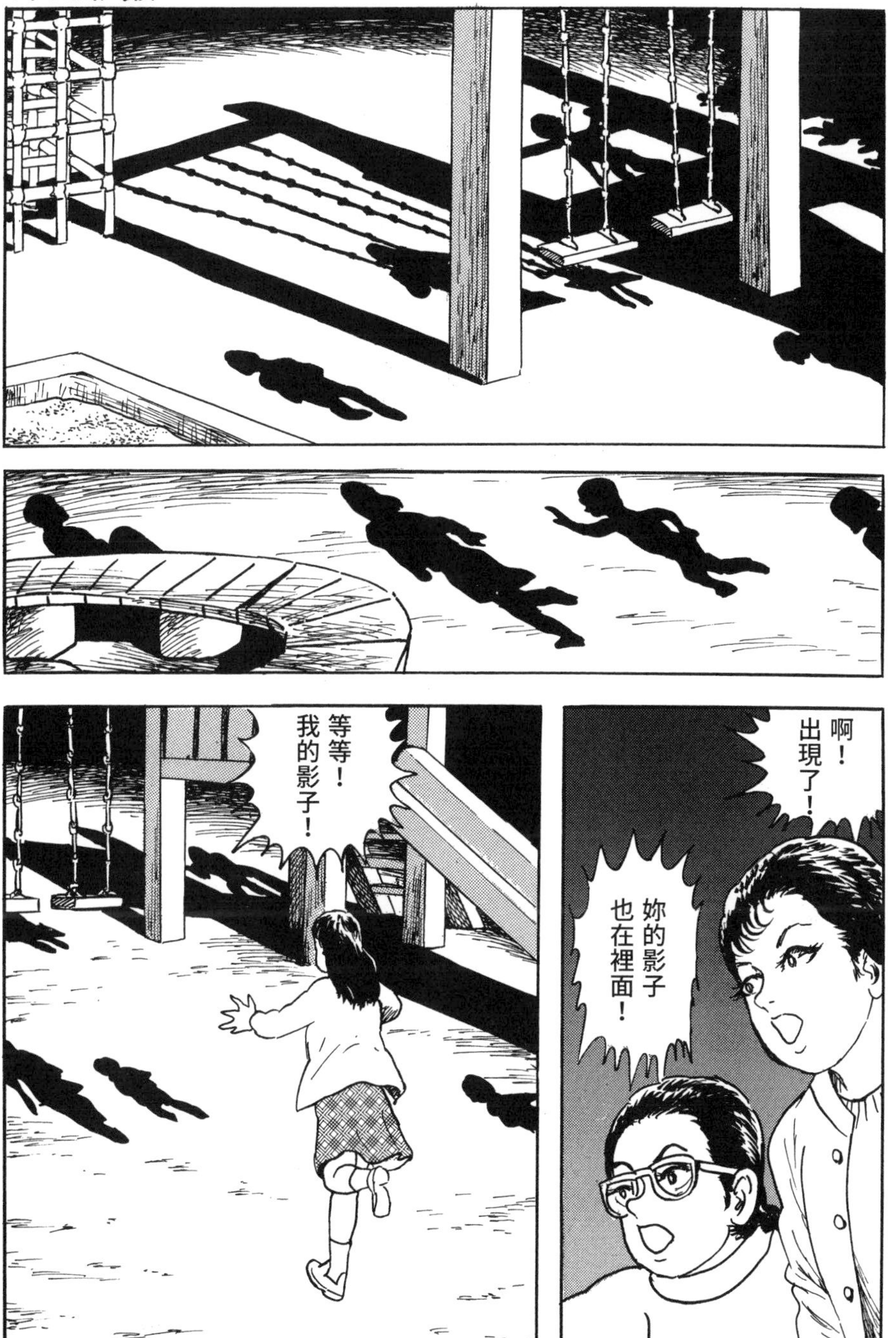
啊！出現了！
妳的影子也在裡面！
等等！我的影子！

慢著！
啊！紙魚子！快抓住它！
我該怎麼抓啊……

哇！
太多影子了！到底在哪!?

ザザ
(沙——)
啊！我的影子！

栞！

妳幫我抓到了。
好像是呢。
我們的影子感情也很好呢。
可能是我們剛好互補吧。
話說回來，我的月光影蟲也跑了。
咦？眞的嗎？
晚上月亮出來後我才發現的，可能是被影男帶走了吧。
或許吧。它一直很想要……
結果影男和它的同伴到底是幽靈，還是只有影子的新品種生物，我們仍舊不得而知。而紙魚子則打算在明年秋天的滿月之夜，再次捕捉月光影蟲……

月光影蟲♣完

讀書的幽靈

學校裡有個和我們不同班的女生，大家稱她為「藤蔓宅邸的大小姐」。
明明並不是特別要好，她卻突然招待我們去她家玩。
哇，妳們來了。請進來吧。
好……好的……

請問……妳的家人呢……？
今天剛好只有我在家。但泡茶這點小事還難不倒我，妳們不用太過拘束……
妳好像有事情想找我們商量……？
沒錯，之前拜託紙魚子同學的東西，後來找到了嗎？
找到是找到了。妳為什麼想要這種書……
陳氏菜經
這位大小姐……鴻鳥友子同學來到我們的教室……
我聽說紙魚子同學家是舊書店……請問妳知道這本書嗎？
她遞給紙魚子的紙上寫的就是這本書……
其實這屋子最近出現了幽靈。
啥……？

那位幽靈總是讀著一本書，書名就是那個……叫什麼來著？
《陳氏菜經》。
沒錯，就是那本書。因此我才拜託紙魚子同學……
等、等一下，我沒聽說有幽靈啊。妳想商量的就是這件事嗎？
是的。早苗同學說如果是這方面的事情，找兩位討論是最適合不過的……
問紙魚子舊書我還能理解，但爲什麼要找我討論幽靈……
聽說栞同學少了好幾根筋……
早苗那傢伙……竟然這麼說我!?
我也在想，如果知道那是什麼書的話，或許就能明白幽靈出現的原因……
這是中國人寫的食譜耶。
爲什麼幽靈會看這種書……
到底是什麼樣的幽靈啊？
幽靈很快就要現身了，妳們看了就知道。
咦！妳打算讓我們看幽靈嗎!?
是的，幽靈總是在晚餐結束的時候出現……

眞浮誇的餐廳。不知道平時都吃什麼樣的料理？
妳不覺得奇怪嗎？明明屋子這麼大，卻幾乎沒有人……
剛好今天傭人都請假了，眞傷腦筋……
我以爲家裡有些吃的，結果只找到點心而已……
我去附近的便利商店買些東西來吧！
紙、紙魚子……不能一個人逃走喔……
我、我知道啦……

ドサ
ドサ
（沙 沙）
我買了泡麵和飯糰回來。順便打電話回家說今天會晚點回去。
哎呀，我沒吃過這種料理呢。不會吃壞肚子吧？
我說啊……
這是中華拉麵嗎？我第一次看到乾巴巴的中華拉麵呢。
妳是什麼時代的人啊？
ボーン
（噹──）
ボーン
ボーン
（噹──噹──）
時間到了……
ボーン
ボーン
（噹──噹──）

ボーン
ボーン
ボーン
(嗡——嗡——嗡——)
噓！幽靈來了！

紙……
紙魚子……
ギロッ
(瞪)
妳們看見了嗎？
那東西…每、每晚都會出現嗎？
沒錯。最近幾乎每天晚上都……
那到底是誰的幽靈？
聽說她是鴻鳥和子夫人，數十年前住在這棟屋子裡。
咦？原來妳知道她是誰啊？
她是怎麼樣的人？

據說和子夫人從年輕時就崇尚奢華、享受美食。
家財散盡後，別說是美食，就連隔天的飯都沒下落。於是夫人在絕望下殺死女兒後自盡……
就連她先生過世之後……似乎是患了糖尿病……她仍無法抗拒奢華生活與美食的誘惑，逐漸敗光家產……
眞是悲慘又可怕的故事啊。所以她才拿著食譜和菜刀嗎……
紙魚子，妳在想什麼？
咦……？
嗯……
我有點在意幽靈正在閱讀的段落。
看起來是很後面的頁數了，但她讀的到底是哪一段呢……？
對照妳帶來的書不就知道了嗎？
問題是我不確定她手上的書是不是完整版本……
完整版本？什麼意思？
這本《陳氏菜經》其實另有隱情。

這是中國明朝時期的宦官撰寫的食譜，作者熱愛美食，搜羅了像熊掌、蛇和蜥蜴等各種食材的調理方式。
可是戰後出版的版本刪去了最後的章節。
如果她手上的是戰前的完整版……
最後的章節寫了什麼？
我們等等再聊吧……先吃碗泡麵如何？
我去燒開水，借一下廚房……
鴻鳥同學不吃嗎？
不了……我……以前沒吃過這種東西……
對了！地下室可能有些食物……要不要一起去看看呢？
好、好啊……等三個人都到齊了再去吧……
但紙魚子同學似乎很忙呢，地下室就在不遠的地方……

這裡好涼快啊。
對啊，要喝紅酒嗎？
哇！好啊！喝點酒提神！
咦……怎麼……味道怪怪的……
哎呀……？
(咚)
ストン

這、這是……發生了什麼事？快幫我解開繩子……
請妳再稍微忍耐一下喔。家母馬上就來……
妳的母親……？

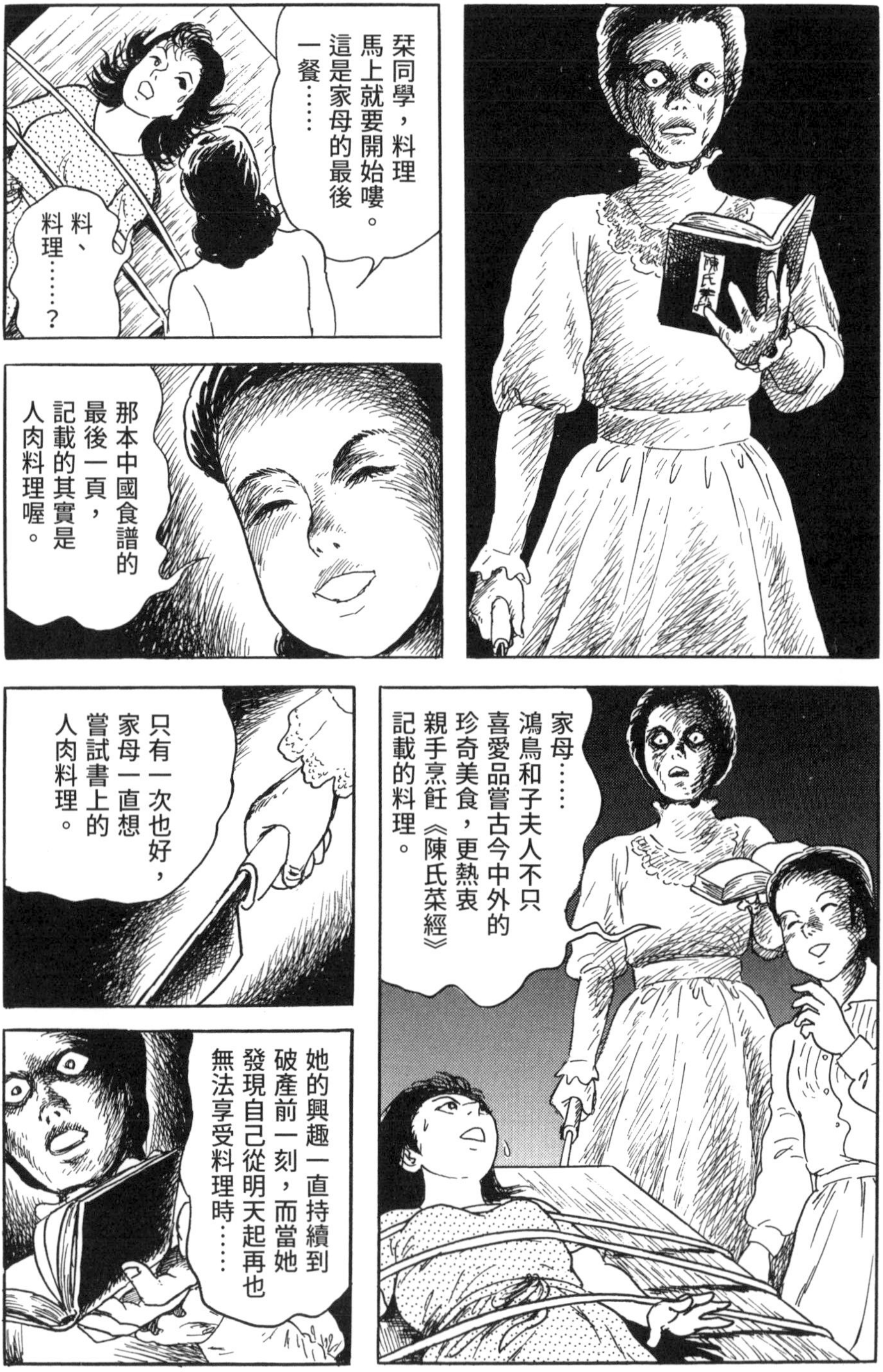
栞同學，料理馬上就要開始嘍。這是家母的最後一餐……
料、料理……？
那本中國食譜的最後一頁，記載的其實是人肉料理喔。
家母……鴻鳥和子夫人不只喜愛品嘗古今中外的珍奇美食，更熱衷親手烹飪《陳氏菜經》記載的料理。
只有一次也好，家母一直想嘗試書上的人肉料理。
她的興趣一直持續到破產前一刻，而當她發現自己從明天起再也無法享受料理時……

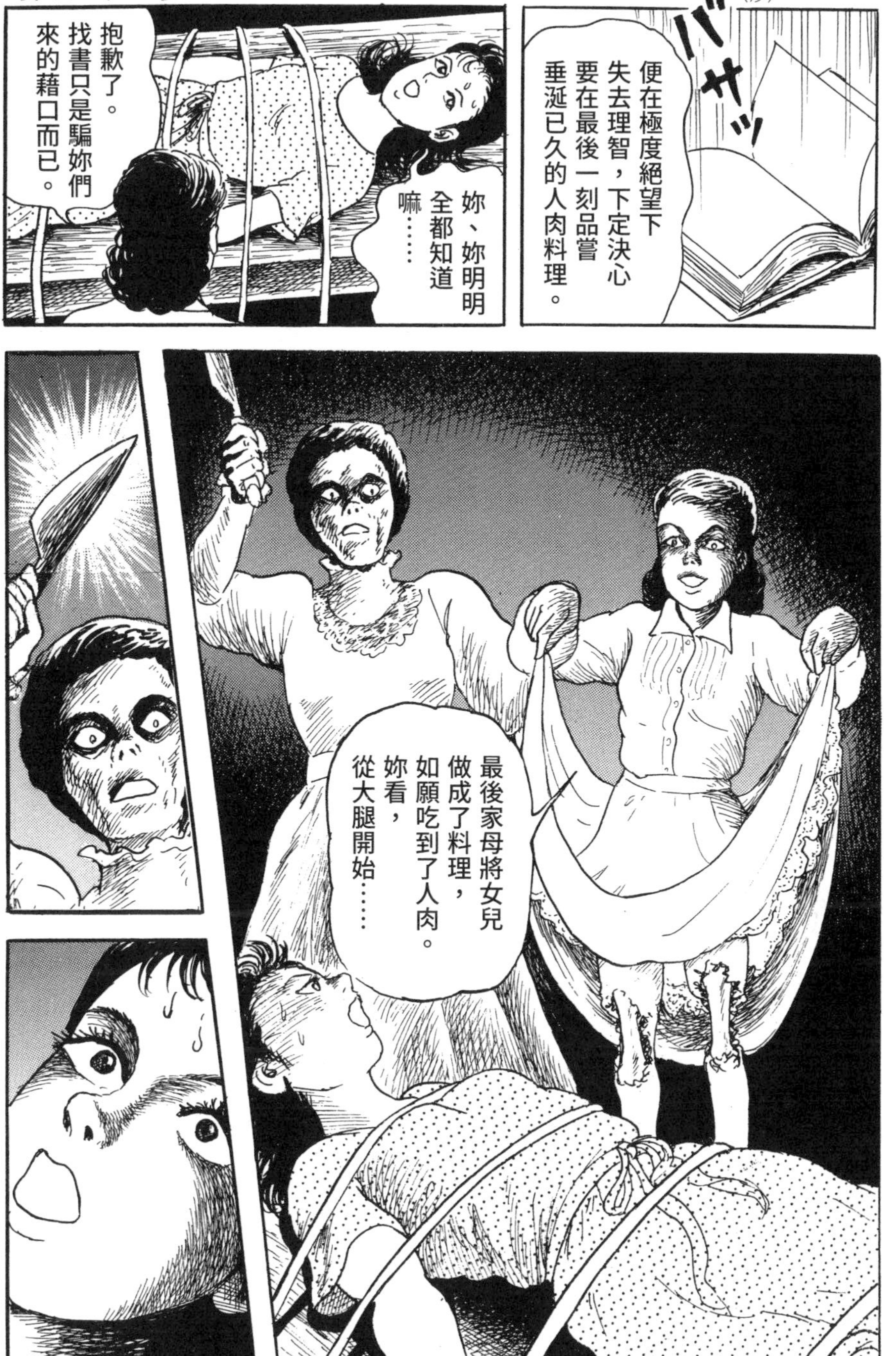
バサッ
(沙)
便在極度絕望下失去理智，下定決心要在最後一刻品嘗垂涎已久的人肉料理。
妳、妳明明全都知道嘛……
抱歉了。找書只是騙妳們來的藉口而已。
最後家母將女兒做成了料理，如願吃到了人肉。妳看，從大腿開始……

母親大人，這次也讓我嘗一口吧！
琹!!
紙魚子！救救我！
妳們兩個！吃我這招！

呀啊！
這、這是什麼……！
吃、吃到這種東西會死人的！
噁！湯汁流進嘴裡了！難吃死了！
妳們已經死了喔。
バタッ
（啪噠）
栞？沒事吧？幽靈消失了。
眞是令人不爽的退場方式啊。

她的腳還在，大腿也很完整……
鴻鳥友子似乎只是睡著了，於是我們丟下她，踏上歸途。
至於成為鴻鳥和子盤中飧的女兒，不但同樣名為友子，年紀和長相都與鴻鳥同學相仿。
看來鴻鳥同學是給那女兒的幽靈附身了。
雖然遭遇這樣的慘事，紙魚子卻一臉開心。
畢竟她因此得到了以珍貴聞名的完整版《陳氏菜經》……

讀書的幽靈♣完

青馬

好濃的霧。這就是所謂的「伸手不見五指」吧……
今天一早，外頭就籠罩在一片濃霧下。
不知道那些馬還好嗎？
看到這難得的景象，我便閒晃出門，平常看慣的左鄰右舍宛如徹底陌生的街道。

青馬

我著迷於沉入迷霧的街景，不知不覺越走越遠，來到胃之頭公園……
咦？這裡竟然有馬……
青色的馬眞少見，是從哪裡逃出來的嗎？

(嘶……)
ブルル…
這裡……
是哪裡啊……？

我追在青馬身後，不小心在濃霧中迷失了方向。
這裡對我來說並非全然陌生的地方，但我已經完全失去了方向感……
印象中沒看過這樣的商店街啊？
小妹妹，小妹妹。
抱歉，我嚇到妳了？這樣濃霧瀰漫的日子，最好不要在外頭隨便亂晃啊。
咦？爲什麼呢？
濃霧裡看不清楚周遭的模樣……
反而因此能望見自己的內心喔……
望見自己的內心……？

就算沒看見內心，在這種街景全然不同的日子裡，妳該不會看到什麼不尋常的事物了吧？
這麼說來……
妳看到了什麼嗎!?
公園裡有兩匹青馬，我以爲牠們跑往這個方向……結果追丟了……
肉排館
哥布林
妳看到青馬!?
對啊……牠們是大叔的馬嗎？
不……並不是……
這樣啊、這樣啊！哎呀，眞謝謝妳啊！
爲了答謝妳告訴我這件事，請收下這個吧。
幾張抽獎券而已，不是什麼大不了的東西。
抽獎券？
前面在舉辦抽獎活動，有興趣可以去試試手氣。

大叔……
會塌的喔
……？
沒事的，沒事的。
小妹妹要買
什麼嗎？
洋蔥？
還是高麗菜？
西瓜放在最下面
不太好找，
不過妳想要的話，
我也可以幫妳
拿出來。
不、不用了。
呃……

我不是來買菜的……但有點好奇，爲什麼要把青菜堆得這麼高呢？
嘿嘿嘿……我也不太清楚呢……
我堆著堆著就覺得實在太好玩了……反正在這種日子玩一下也不爲過吧？
嘿咻咻咻……
酒
那邊的小姐，海星很便宜喔。海星……
海星？

這……是什麼魚？
這是一種名爲緞帶魚的深海魚，平常很少進貨喔。要買一條嗎？
牠可以吃嗎？
這個嘛……應該可以吧……
大叔平常都賣這麼稀有的魚嗎？
倒也不是……只是早上去魚市場進貨時，看見那一帶也是一片濃霧……
我突然感到厭煩起來，不想買和平常一樣的魚。
我到處尋找有什麼奇怪的漁貨，就看到這些魚……
於是批了回來。
原、原來魚市場會賣這種東西啊？
是啊。我賣了三十年的魚，今天也是第一次看到呢。
我今天不用買魚，下次再來光顧……

拉麵
米糠
怎麼搞的？商店街裡的人也好不對勁……

拉麵
珍滿寶
啊！紙魚子！
咦？這不是栞嗎？
妳來這裡做什麼……？
我在霧裡逛著逛著，走到了這條商店街。
然後看到那邊的炸天婦羅店在賣舊書，我就忍不住買了。
炸天婦羅店賣舊書？
那些書差點就被丟進油鍋裡炸了呢。
……妳一臉沒睡醒的樣子耶。
妳才是呢……妳買了什麼？
我沒買東西啊。
妳手上不是拿著抽獎券嗎？
這是路上的怪大叔送給我的。
我也是只買了三本書而已，就得到這麼多抽獎券。

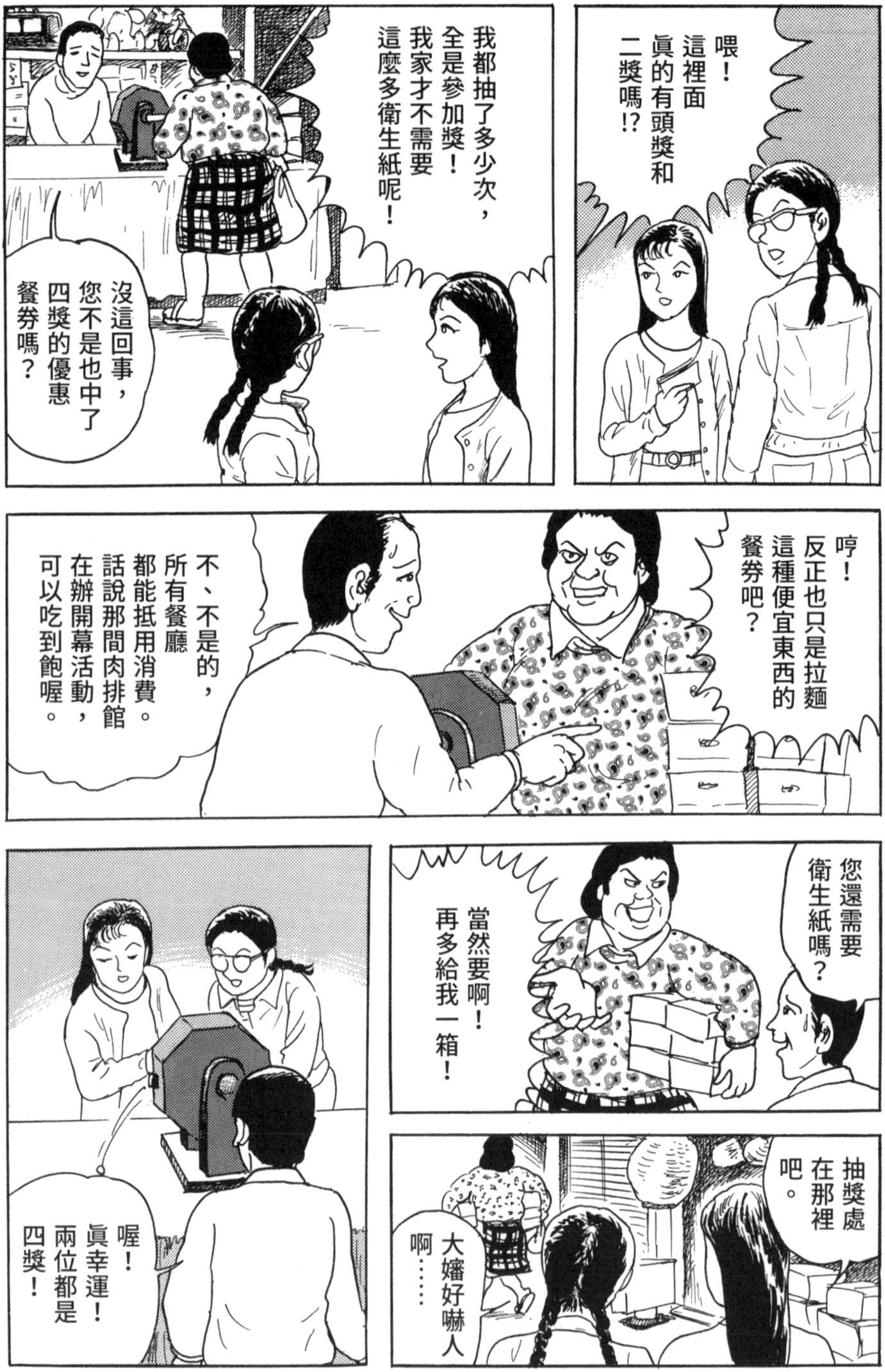
喂！這裡面眞的有頭獎和二獎嗎!?
我都抽了多少次，全是參加獎！我家才不需要這麼多衛生紙呢！
沒這回事，您不是也中了四獎的優惠餐券嗎？
哼！反正也只是拉麵這種便宜東西的餐券吧？
不、不是的，所有餐廳都能抵用消費。話說那間肉排館在辦開幕活動，可以吃到飽喔。
您還需要衛生紙嗎？
當然要啊！再多給我一箱！
抽獎處在那裡吧。
大嬸好嚇人啊……
喔！眞幸運！兩位都是四獎！

對了，我在公園看到青馬，很漂亮喔。
公園裡有黑馬嗎？
不是黑馬啦！是青馬……！
青馬一般是指黑馬，並不是真正的青色啊。
是這樣嗎？但我說的是真的青色喔。
兩匹藍白色的馬出現在霧中……
這就是剛才說的肉排館吧？
肉排館
哥布林
難得都來了，就去吃吃看吧。平常也很少有機會吃排餐……
不會變胖嗎？
年輕人說什麼傻話？多吃肉才有力氣啊！

啊！剛才的大叔？
是妳啊！喔？還帶朋友一起來啦？
呃……我們有優惠餐券……
很好、很好！現在是開幕活動，想吃多少就吃多少！
喂喂喂！肉也太小塊了吧!?不是吃到飽嗎？快給我再端一盤來！
是的，馬上就來。
這種都是肥肉的便宜肉，是想讓我膽固醇過高而死嗎？

妳買了什麼書？
嗯……剛好看到有趣的書……
どやどやどや
幻想博物學
(吵吵　鬧鬧)
我也要用餐券！再來杯啤酒！
來一份肉排午間套餐，飯要大碗的！
我也是！肚子餓扁啦！快點上菜！
人突然變多了。
我們的肉排什麼時候會來呢？

服務生！再來一盤！快點把肉端上來！
餓死了！先上我的菜！
我先的！你們隨便吃些狗肉就夠了吧。
快！快給我肉！
請等一下，大家照順序來！不要急啊！
上肉啦！吃吧！
(磅)
快端肉來！
(啪)

哇!店裡變得一團混亂!紙魚子,我們快離開吧!
人都來了,怎麼可以沒吃到東西就走呢。不好意思!請給我們肉……!
給我慢著!那是我的肉!
(喀)
カッ
呀!
(磅 磅)
ボン
ボン

哇！
這是什麼啊!?
我不是提醒過了嗎？在這種濃霧瀰漫的日子要格外小心啊。

我都說了這是我的肉啊！你們一直吃、一直吃……！
等……等等，怎麼會變成這樣？不是肉排吃到飽嗎……？
沒錯啊，吃妳的肉。
ケタケタケタ
(哈 哈 哈)
肉排館
哥布
呀啊!!
ガシャ
(哐噹——)
我就覺得這商店街不對勁！快逃！

ドドドドッ
(咚咚咚)
哇啊！
這邊！
ビチ
ビチ
ビチ
(啪噠　啪噠)
兩位小姐！要不要買海鱔啊？會算妳們便宜喔！

栞……我們誤入妖怪市集了……
那是什麼……!?
這本書上有，雖然實際上比我想得還誇張……
濃霧瀰漫的日子裡會出現妖怪和幽靈的市集……肯定是這個，錯不了的。
書上有逃出市集的方法吧？
我才讀到一半而已！

啊！是青馬！
牠們頭上有角！是獨角獸！
混帳！這群踩著蹄子的瘟神！果然嗅到味道過來了！
我要活活扒下你們的皮！把角拿來當酒杯！
呀！

(噠噠噠噠)
翻到了……
「這些哥布林相當畏懼獨角獸。」
獨角獸也分許多種類，
「牠們的天敵是青色的獨角獸。」
「只要獨角獸嗅到哥布林的蹤跡，便會像發現野兔的獵犬般襲擊牠們，藉以餵養自己銳利的犄角……」

這是……真的嗎？
不知道……我也是第一次聽說……
（噠噠噠）
究竟是濃霧的日子裡真的會出現妖怪？抑或這只是迷霧帶來的幻象……？
總覺得兩者都不是……但可能在這樣濃霧瀰漫的日子裡，真的會發生不尋常的事吧……

青馬♣完

和阿公一起玩

咦？
那不是段一知老師嗎？
喔？是栞啊。
您在找路嗎？
嗯……我是在找東西沒錯……這附近有大片圍牆的建築嗎……？
又高又寬的牆……最好和鋼筋水泥一樣堅固……
您在找有高大圍牆的住家嗎？呃……有沒有地址呢？
啊，不是的，我只是在想有沒有那種圍牆……

打算拿來當做小說的參考……
原來是這樣啊……
不錯，這個大小正合我意，接下來就看夠不夠堅固了。如果是鋼筋構造的話應該很牢固。
是怎麼樣的小說呢？
這……我還不能透露。
我遇到段老師那天的晚上，據說在胃之頭町附近發生了靈異事件……
晚安。
有人在路上遇到巨大的女人頭顱向自己打招呼，嚇得直不起腰來……

還有人與行走的巨大牆壁擦身而過……
從牆壁後方冒出巨大的臉在窺視他……
當天晚上，當隔壁耳鳴町的工廠因為儲氣槽不見鬧得沸沸揚揚之時，
不久便有人在股川上水沿岸目擊到推著巨大球體行走的女人。

……該不會是克蘇魯妹妹的媽媽吧？
我也這麼想。而且啊，妳提到的那座斜坡下……
今天早上發現那裡的水泥牆被挖走了……
到、到底是怎麼回事？
天曉得……我也想知道啊。
去一趟「鬼屋」說不定可以找到什麼線索？
啊……兩位打擾一下……
什麼事嗎？
我在找一戶人家……這附近有叫做段一知……
咦？段老師的家嗎!?
妳知道啊!?

哎呀——！真不好意思。我剛接下段老師的責任編輯工作，今天第一次拜訪老師家……
您是雜誌的編輯嗎？
沒錯，妳們聽過《噁爛文學誌》這本小說雜誌嗎？
沒聽過。
咦……天色突然變暗了。簡直就像要颳起暴風雨……
可是那邊還很晴朗呢。好奇怪的天氣。

栞……妳不覺得烏雲只籠罩在「鬼屋」四周嗎？
經妳一說……好像真是這樣……
這……這是什麼？
消失的圍牆和儲氣槽竟然出現在這裡……
這裡真的是段老師的家嗎？
沒有錯喔。總之先問問看附近鄰居吧？

您好——不好意思，請問那戶人家發生了什麼事嗎？
那位小說作家嗎？這麼說來，昨天半夜他們家傳出了碰撞聲……
不知道爲什麼，從昨晚開始只有那一帶天氣很不好的樣子……
不但半夜有落雷打在屋子上，還發生了地震。
不過那戶人家的太太會探頭出來……
沒事、沒事，抱歉吵到大家了。
於是我們也不深究了……
可是啊，後來「鬼屋」的屋頂上冒出兩片巨大黑影，還在哈哈大笑呢。

聽說那位太太是外國人，果然國外的派對都很浮誇呢。
就算是在招待客人，大半夜的還是要安靜一點吧……
……總之去一探究竟吧？
這是什麼啊？爲什麼要做這麼危險的事？
我哪知道？
但我好像在哪裡看過這種形狀的東西……
栞，妳看……
猶格竟然在躲起來發抖。
到底是誰來了？
大門在那邊，請自便。
等……等一等……

……先告辭了
別、別走啊。再陪我一下。
這份本月號《噁爛文學誌》的藍圖※就送給妳們，拜託了。
我不需要這種東西。
陪我到老師出來就可以了……拜託！
打、打擾了——
咦……？
哇啊！
ドタドタドタ

(咚隆　咚隆　咚隆)

※「藍圖」指的是書籍出版前用來校對的印刷樣稿。

咦？
啊，老師！抱歉，您的編輯託我們帶路過來……
請、請問……屋子裡面是不是和我們上次打擾時不太一樣……？
因爲家裡有客人來訪……
他們體型比較大，我就稍微借用了其他空間……
但好像混進了各種多餘的東西。
我的工作室也用來招待客人了，只能將就在空出來的地方工作，可是……
ピ——
（嗶——）
（轟——）
ゴー

地鐵偶爾會經過，很傷腦筋呢。
請問……客人是……
哇哈哈哈哈哈！
泰克利、利！泰克利、利！
どどどど
(咚咚咚咚)
爸爸！陪我一起玩！
不行，爸爸現在要工作。
啊！大姊姊也來了！來玩嘛！陪我一起玩！
現、現在不是有客人嗎？
對啊！阿公和阿媽來家裡了！
阿、阿公和阿媽……指的是……
爸爸那邊的嗎？還是媽媽……？
是媽媽的爸爸和媽媽！
我就知道……

克蘇魯，不能打擾爸爸工作喔。
哎呀，是栞啊。歡迎光臨。
您、您好，段老師的編輯向我們問路，於是……
對了，編輯人呢？
請問……這些一直冒出來的奇怪生物是什麼？
牠們是姆爾姆爾，我老家有很多呢。
是黏在爸爸他們身上過來的吧。做成佃煮很美味喔。
是……是嗎？
（咖斯嚕——!!）

克蘇魯，聽到了嗎？阿公在找妳嘍！
好——
請問……段老師人呢？
咦？你在這裡啊？
老師在那裡……
呃……老師的女兒想玩娃娃，可以幫我拿那個黑色衣服的人偶過來嗎？
這尊大的嗎？
哇哈哈哈哈哈哈！

哈哈！上當了！上當了！你是新來的責任編輯吧？我是段一知。
總覺得不好意思……
爲什麼要幫他啊？
……我是老師接下來的責任編輯烏賊井。直接進入正題吧，請您快點交稿……
抱歉，因爲剛好岳父母來訪，他們都是外國人，有點這樣那樣……
只剩下五、六頁就完成了，你就稍等一下吧。
是……
カタ カタ
（喀噠 喀噠）
老師——這是什麼東西啊？
您好……請喝茶。
哇啊啊！
啊、好的，謝謝您！

泰克利、利！利利利利！
大姊姊！陪我玩！
姊、姊姊先不玩了。去找阿公一起玩吧……！
阿公！再陪我玩——！
哇哈哈哈！
爸，不要又玩過頭，把克蘇魯撕碎了喔。
看一眼就好……
嗯……
そ～

（看）

哇哈哈哈哈哈。
(唰)
我……我們該告辭了。
老師──！稿子還沒好嗎──？
剩三頁了。再等等。
(噹──)

爸，有雜誌社編輯來家裡，你可以帶克蘇魯出門散個步嗎？
(吼喔——!!)
(轟　轟　轟)

(咚)
ゴオッ
(轟)
哇哈哈哈哈！
糟了！剛印出來的稿子！
老師！等等我啊！

哇哈哈！
他順利拿到稿子了嗎？
我們回家吧。
啊！我想起來這形狀是什麼了！和之前猶格召喚奇怪朋友時蓋的石頭祭壇一模一樣！
也是，趁這東西還沒崩塌快走……
是牠在詠唱祈禱文的那個祭壇嗎？

妳們說對了。
因爲爸媽說想來見見孫女，我就蓋了一個……
眞是辛苦了。
是啊，但也沒有其他方法，而且還不花交通費呢……
只希望能撐到爸爸他們要回去的時候了……
那麼，我們就告辭了……
啊，請等一下……
哇哈哈！哇哈哈！

（轟──）
ゴオォオー……
老師！稿、稿子……！
剩一頁了！
哇哈哈哈哈哈！
怎、怎麼突然颳起大風來了……

哇——哈哈哈哈！
ビュウー
(咻——)
バキ バキ バキ
(霹哩 啪拉 霹哩)
呀——
ドスーン
(咚隆——)

(咻嗚嗚嗚嗚)
ビュオオオオ
以胃之頭町為中心，
毫無預警地
颳起了暴風，
造成三十六間房屋
半塌全毀、
十七輛汽車飛走、
數十棵樹木倒塌……
光是送往
醫院治療的傷患
就超過五十名，
而在幾個小時後，
狂風戛然而止。

泰克利、利！
泰克利、利！
我們不知道烏賊井編輯是否順利取得稿子，但據說當晚再度發生落雷和地震，段老師家屋頂上的高牆也徹底崩塌了。
段老師抬頭望著屋頂被吹出來的破洞……

下次岳父他們說想見克蘇魯時，妳就帶克蘇魯回娘家吧。
好的，老公，我明白了。
如此告誡了太太，
然而……其實還有一件麻煩事……
媽——！
我今天去段老師家，段老師的太太送了老家的土產……
我不小心就收下了……是姆爾姆爾的佃煮……

和阿公一起玩♣完

下雪天的同學會

那一天，胃之頭町下了場破紀錄的大雪。
哇！積雪了——！
我出門時雪已經很大了……
但不知道為什麼，雪越下越猛烈。
我甚至還沒走到學校，外頭已儼然成為暴風雪的狀態。
眞是……什麼鬼天氣嘛！我乾脆請假回家吧。
久違的同學會竟遇上這麼大的雪。

下雪天的同學會

我倒是覺得很有氣氛呢。話說有很多人要來吧？會場塞得下嗎？
聽說找到很不錯的場地喔。
總算到了。
嘿——！那邊的小妹妹。
我聽說這附近有同學會，妳知道會場在哪裡嗎……？
應該在這一帶沒錯……
我、我不知道。
怪人……

這……這也太誇張了……
雪積得太厚了……我出門時還不是這樣的啊。
琴，妳來啦？
今天只有這些人嗎？
對啊，第一節課已經開始了，但連老師都還沒到。
該不會因爲大雪停課了吧？
我沒聽說啊。

下雪天的同學會

嗶——喀喀喀……
呃……試音、試音……
大家早安，我是校長。各位同學請注意，本日的課程安排因大雪有所變動，女同學改為料理實習，男同學負責鏟雪工作。
咦——不是停課嗎!?
只有這些人而已耶！早知道就不要傻傻來學校了。
表現優異的同學將獲頒獎賞以資鼓勵，大家加油吧！
怎麼聽起來不像校長的聲音？
說什麼加油啦……
哇！冷死了！
別幹了啦！我們溜吧！
啊，同學們，那裡不用掃了，去整理一下後面。
嘖！
他是我們學校的老師？

老師——！只有我們在鏟雪太不公平了啦！可以回家了吧——？
別這麼說。我就破例告訴你們一件好事吧，其實啊……
這座校園裡有溫泉喔。
啥？
溫泉？
獎賞就是溫泉喔，你們好好期待吧。剩下的就拜託啦。
喂，你聽到了嗎？他說溫泉……
眞是的……不要被這種玩笑話給騙了。
食材都在碗裡，請各位同學按照講義開始實習吧。

下雪天的同學會

還是沒看到任何老師，只有廣播而已呢。
對啊，太詭異了。
不過料理看起來很簡單呢。只要把食材隨便切一切、丟進鍋裡就好？
那我們就切一切、丟一丟吧。
不能偷工減料啦，先用昆布熬出湯頭……
呀！鴻鳥友子!?
哎呀，是栞同學啊。
妳……爲什麼會在這裡!?
我們班上也只來幾個人，所以這堂課就變成全校女生一起上課了。
我不是問這個啦……妳不是幽靈嗎……？
眞是抱歉，上次會變成那樣，是因爲被過去慘遭殺害的友子小姐附身了……現在已經沒事嘍。
眞的沒事了嗎？
我想她應該不至於突然吃掉我們啦。
呀啊！這是什麼!?
是牛蛙啊。牛蛙的料理方式是先活剝皮……
噁！
這……到底是!?

哎呀，眞難得。母親大人，《陳氏菜經》也有這種食材的食譜吧？
這要先稍微煮過，再用大火炒喔。
慢著……她是不是又被附身了？而且還是兩個人……
我不擅長料理，打算先溜了。
然後那邊的蛇肉要先剝皮再取出骨頭……
等等，我也一起……
……喂
怎麼了？
……有溫泉
溫泉？
你在說什麼夢話？

外頭很冷吧？要不要一起泡澡呢？
不用在意，進來吧。反正是男女混浴……
是。
是。
好！
哎呀……？
走廊被擋住了。
我們學校有體型這麼寬的老師嗎？
呃……不好意思……

(轉)
妳們幾個！別想翹掉料理課！
呀啊！
教師室
老師！走廊有妖怪……！
什麼妖怪？
別管那個，菜煮好了嗎？我們等好久了。

紙魚子！糟了！學校被妖怪占領了！
咦？紙魚子……？
町子……早苗……大家去哪了？
等……等等，妳們要去哪裡？
當然是回家！這種天氣本來就不該來學校！
對了，栞呢!?
怎麼會……到處都堆滿了雪！早上明明還有路可以走的啊……對了，栞呢!?
而且……積雪也太厚了吧 對了，栞呢!?

這裡有雪做的隧道耶？
隧道？
她回料理教室了嗎？
勃根地風味牛蛙完成了。
蛞蝓醬汁做好了嗎？接下來是鹽煮眼球……
哇！看起來眞美味！
多虧了鴻鳥同學，今天的同學會似乎會很精采呢！
選這裡當會場眞是選對了。
但大口老師是大胃王，這些夠他吃嗎？
放心，老師的餐點另有準備……
鴻鳥同學……和妖怪打成一片了……

煮著煮著就想試試看那個了呢，就是人……
人肉料理……！
贊成！
糟了……！
這隧道是誰挖的啊？
男生吧？
咦？對面有人過來了……
(嘰嘰　喳喳)
ぞろぞろ
應該已經開始了吧？再不快點過去，食物都會被大口吃光的。
好久沒參加同學會了，不知道料理準備好了沒？
哇啊！

怎麼到處都是妖怪？大家去哪裡了？
ガタ
(喀噠)
咦，妳們在這裡啊？不好了，教師室裡有妖怪……
我、我們教室也是……
走廊好像也有東西，所以大家都躲在這裡……
什麼東西……？
會場果然在這裡啊。
呀啊！
ピシャン
(唰)
咦？

呀啊!?
（啪）
太過分了！我們只是來參加同學會的啊。
為什麼偏偏要選在我們學校辦同學會？我可沒聽說畢業生裡有妖怪啊！
（飄飄飄）
我們也不是什麼畢業生啊。每屆同學會的場地都是隨便選的。
モコ
モコ
モコ
去別的地方辦啦！不要給我們添麻煩！
啊！是出口！
這是哪裡？
啊——！

洞野同學他們在泡溫泉？
眞的假的——！
（噠　噠　噠）
バタ
バタ
バタ
啊！紙魚子！
啦啦——！料理完成了！快端到會場吧！
會場要選哪裡？去音樂教室嗎？
體育館如何？場地比較大……
啊！把她們抓來做人肉料理吧！這樣就更完美了！
救命啊!!

啊！
栞！
喂！菜還沒好嗎？肚子都餓扁了！
這些是我們的份！你們去吃自己啦！
別這麼說嘛！大家有福同享，一起來吃啊！
咦？沒路了!?

隧道？
怎麼……回事？你們在做什麼!?
紙魚子也來泡溫泉吧。很暖和喔。
開什麼玩笑！這不是男女混浴嗎！
放心啦，聽說穿泳衣也沒問題。

明明是冬天還帶泳衣來學校啊……
啊！現在不是佩服的時候了！
咦？洞野沉下去了？
ぶくぶくぶく
（咕嘟 咕嘟 咕嘟）
游泳社
這、這個隧道是怎麼回事？簡直像迷宮一樣!?
（嘰嘰 喳喳）
ぞろぞろ
會場在哪裡啊!?
糟糕——！迷路了！
餓死啦！
啊！有人類！
吃掉她吧！

慘了，
又沒路了！
呀啊！
追上來了！
嘿嘿嘿！
人肉們！
等等我！
這……
這是什麼
……？
糟啦！
不能過去！
那是大口老師！
ザバッ
(唰)
哇啊！
食物被搶走了！

快還來！那是我辛苦完成的料理……！
(張嘴)
呀呼！是溫泉！邊賞雪邊喝酒嘍！
笨蛋！有人在溫泉跳水的嗎？
啊！我也跳進去了！

（轟──）
ゴボーッ
哇啊──！
眞過分！全被大口老師吃光光了……！
嗯……！
（唰）

ゴボゴボゴボ
（轟轟轟）
咦？有人拔掉了大口老師的塞子！
雪要融化啦！
ドドド
（唰唰唰）
シューシュー
（咻——咻——）
同學會搞砸了哪——
我們換個場地重辦吧！

哈啾！
妖怪不知何時消失了。
溫泉所在的地方只剩一片水窪，堆積在學校周遭的大量積雪也在不知不覺中融化，變得與其他地方無異。
這攤水窪看起來像不像人臉？
有嗎？
我、町子、早苗和洞野等人都感冒了。話說回來，那究竟是哪間學校的同學會呢？

下雪天的同學會♣完

追尋腳印
→答案在P357
問題：這張圖裡有幾隻姆爾姆爾？

太好了，雨停了。
一點也不好！明明買完東西就可以直接回家的，都是妳說要去耳鳴町的店……
害得我們不得不花兩個小時躲雨。妳每次做事都毫無計畫……
哪有啊？紙魚子妳才是……
那句話怎麼說？「走一步倒在路」？
妳想說的是「走一步算一步」吧？
咦？路上有人……
走一步倒在路！
您還好嗎？

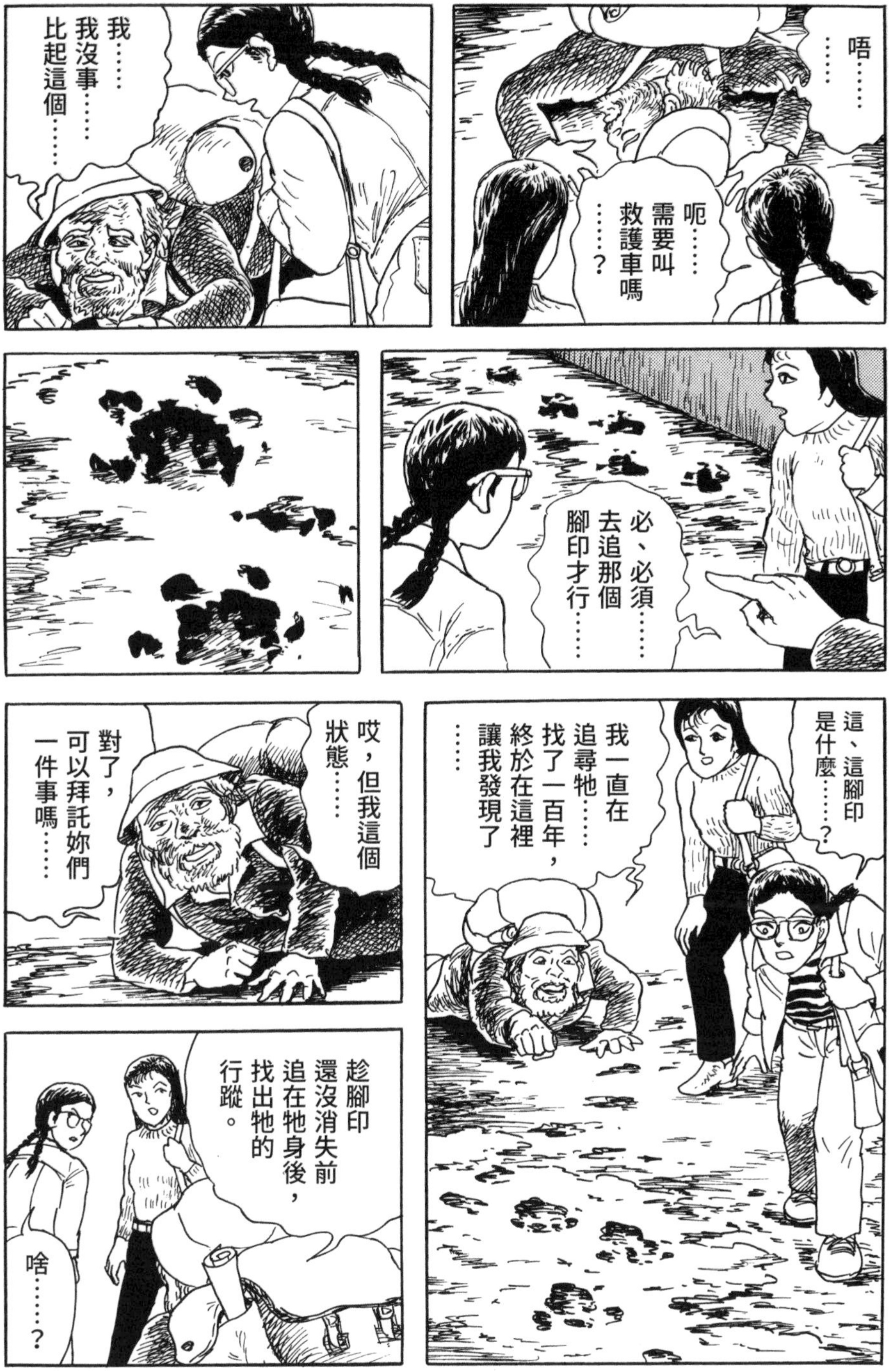
唔……
呃……需要叫救護車嗎……？
我……我沒事……比起這個……
必、必須去追那個腳印才行……
這、這腳印是什麼……？
我一直在追尋牠……找了一百年，終於在這裡讓我發現了……
哎，但我這個狀態……
對了，可以拜託妳們一件事嗎……
趁腳印還沒消失前追在牠身後，找出牠的行蹤。
啥……？

這是什麼的腳印……？
腳人。
腳人？是那個嗎？開車接送女生的……
那叫做「好人」，而且這說法已經過時了。
腳人不是妳們說的什麼「好人」，牠是傳說中的夢幻生物。
據說從來沒有人看過牠的姿態……
我長年以來追尋著腳人的蹤影，終於在這個地方發現了牠的腳印。
既然沒有人看過的話，爲什麼知道牠存在呢？
證據就在這裡！牠有腳印啊！
可惜的是……在這大好時機我卻無法動彈……
我有個必須前往的地方。這關乎我的性命……
在我回來以前就拜託妳們了。千萬別追丟了啊。
等等……這樣我們很困擾……
妳們放心啦，牠不會吃人的……只有偶爾才會……
那就萬事拜託啦。

(搖晃　搖晃)
ふら ふら
他走掉了……
眞是強勢的老伯啊。
他好像遇到很緊急的狀況，我們該怎麼辦啊？
總之我們先追看看腳印吧？好像很有趣……
這就是所謂的「飯都吃到一半了」吧？
是「頭都洗到一半了」啦。
多虧剛才的雨，地上一片泥濘，腳印很清楚呢。
腳印延續到這邊了。

？
到、到底是什麼樣的動物……？
牠到底有幾隻腳啊？有尾巴嗎？我完全無法想像。
腳印不見了。
到處找找吧。
啊！

是姆爾姆爾！
這麼說來，大家都在說這陣子總會在各種地方看到牠們呢。
波里斯也常會抓幾隻回來。
應該是上次附在克蘇魯妹妹阿公身上那些姆爾姆爾，逃跑後繁殖出了後代吧？
牠們真的很會逃呢。佃煮姆爾姆爾也趁蓋子打開時跑走了……
原來還活著嗎!?
牠們白天不太出現，過了傍晚就會出沒在公園之類的地方。

妳看，有好多姆爾姆爾。那些圍成一圈的是在做什麼？
在跳圓圈舞吧。
牠們經常像這樣，在沒人的公園圍成圈跳舞。
牠們眞的一直增加呢，繁殖力像老鼠一樣……
話說回來，牠們哪些是公的，哪些是母的啊？
我之前問過段老師，聽說姆爾姆爾沒有公母之分。
咦!?那要怎麼繁殖？
妳仔細看。

明白了吧？
數量……增加了……？
牠們像那樣圍成圈跳一跳後，不知不覺就會增加了。姆爾姆爾只要在月夜下跳舞，好像就會不斷增殖。
難怪牠們會越來越多。不會影響到胃之頭町的生態系嗎？
但牠們也很容易被貓啊狗的捕食，應該不會有問題吧？
啊！現在不是悠哉觀察姆爾姆爾的時候了！腳印呢？
在那裡！

腳印還很新，牠果然經過公園了！
這代表牠還在附近嗎？仔細找找吧。
公園只有姆爾姆爾呢。而且牠都這麼大刺刺地走來走去了，
我們卻完全沒看到……沒人見過的生物究竟是怎麼樣的生物啊？
所以才說是夢幻生物吧？
紙魚子……
那邊圍成圈的姆爾姆爾好像不太對勁？

感覺牠們數量沒增加，反而減少了……
真的耶。好奇怪……
?
啊！全部消失了！
（嘩）
ぱっ
姆爾姆爾一哄而散了。

這是……那傢伙的腳印！原來牠剛剛在這裡！
難道那些姆爾姆爾……是被腳人吃了嗎？
但是……什麼也沒看到啊……
會不會是肉眼看不見的動物？所以才沒人見過牠？
紙魚子……妳看一下腳邊……
腳印……突然冒出來了……
剛……剛才還沒有啊……？
怎麼辦？還要追下去嗎？
繼續追吧。放心，牠看起來不會吃人……
老伯不是說「偶爾才會」嗎？

又消失了……
牠翻過圍牆了嗎？
等等……這裡是藤蔓宅邸。
眞的耶！
友子，工作讓傭人去做就好了。妳也過來坐著吧？

母親大人，沒關係的。烤肉的備料可是很重要的呢……
友子是不是……又被附身了啊？
好像是呢。但她在這種時候都會端出美味的料理，就睜一隻眼閉一隻眼吧。
沒有腳印耶。
眞的嗎？會不會又突然冒出來啊？
呀啊！怎麼回事!?

您們到底是怎麼了？爲什麼將肉和蔬菜撒得到處都是……是父親大人吃的嗎!?
別、別胡說。我也不知道爲什麼，突然間就變成這樣了……
咦？這是什麼腳印？是野狗闖進來了嗎？
我花時間精心準備的食材，這下全都泡湯了！
這、這下只好……人……人……
老婆，這下不好，友子又要發作了……
老公……看來是這樣呢……
人肉料理時間到了！來辦烤人肉派對吧！
哇啊！
牠果然經過這裡了。我們去對面攔牠！

怎麼辦？牠動作實在太快了。每次發現時都只看得到腳印……
嗯……該不會……
芳雄！不行啦，在這種地方……
放心啦，這裡沒有其他人……
ガサガサ
（沙沙）
呀啊——！
好！卡！接下來是水母惡怪出場！

搞什麼！這哪裡是「水母惡怪」啦？
啊，眞的耶。
你劇本上寫的是「衰木耳怪」喔。
洞野，你要不要換一套打字軟體啊？
算了啦，好不容易做好道具，就讓衰木耳怪演下去吧。
開什麼玩笑！讓衰木耳怪出現在這裡沒有邏輯啊！
難道讓水母惡怪出現在公園就有邏輯嗎!?
女主角還一直吃烤蕃薯！洞野，再去拜託一次小栞看看吧？
什麼嘛，還不是你們拚命拜託我，我才來幫忙的……
烤蕃薯也是你們買來的啊！
水母啦！
木耳啦！
やいやい
（嘩嘩）

啊！牠經過這裡了！
到底是怎麼回事？
喂！妳在那邊抱怨來抱怨去，還不是把烤蕃薯都吃光了！
才唔四偶雌的！
洞野！剛才有什麼動物經過這裡嗎？
我也不知道。我們只是在拍恐怖片，突然間就變成這樣了。
果然沒錯！
對了！小栞妳覺得呢？妳喜歡水母還是木耳？
我不太喜歡中華料理。

妳剛才說「果然沒錯」，是明白了什麼嗎？
我在想，牠該不會是那種生物？
那種生物？
只會留下腳印的生物……
爲什麼沒人見過牠的實體？爲什麼發現時只留下腳印？
那是因爲牠是只存在痕跡的生物……只有腳印，所以叫做「腳人」。
什麼？這世界上有那樣的動物嗎？
我記得以前曾在書上看過這類只有腳印、沒有實體，傳說中的夢幻生物……
那不是傳說嗎？難道眞的存在？
胃之町出現什麼都不奇怪啊。

（唰——）
雖然這傢伙好像是從別處來的……
（唰——）
有什麼從股川上水游過來了！
呀哈哈！呀哈哈！
克蘇魯！等一下！等等我！
泰克利、利！泰克利、利！

看吧，連那種東西都有了……
腳印還在延伸，但好像變淡了……
紙、紙魚子……
這裡……是一開始的地方。
咦!?
妳看，我們就是在這裡遇到怪老伯，開始追尋腳印的……

啊！真的！我們繞一大圈回來了。
還有那邊的泥腳印……我們是發現到那個腳印，才開始追牠的。
沒錯。我們一直追尋的腳印來到了這裡……
紙魚子！牠順著一開始的腳印移動了！
到底是怎麼回事!?
啊！老伯回來了！
您還好嗎？您去了哪裡啊？
搞什麼！妳們怎麼還在原地……我不是拜託妳們追尋腳印嗎？

呃……追是追了，但腳印回到了這裡……
算了！現在的年輕人眞是一點都不可靠！
沒事！我吃完拉麵、炒飯和餃子後，現在精神滿滿吶！
原來是肚子餓了嗎!?
啊！好在腳印還沒消失。果然只能靠自己啊……
請問……您沒事吧？身體還好嗎……
今天的腳印很鮮明啊。可惡的腳人！這次一定要揭穿你的眞面目！
過去不管多接近，都只找到痕跡和腳印，今天一定要……
這次也不會找到的啦……
算了，別管了。他應該也樂在其中吧。

結果「腳人」好像是老伯擅自取的名字，
紙魚子後來找到了記載這類生物的舊書。
約莫在百年前，某支探險隊在非洲深處發現了巨大的腳印。
腳印延伸至半徑數百公里，村莊和小鎮都遭到破壞……
然而，卻沒有任何目擊者……
探險隊試圖追尋，沒想到腳印繞回了原地，與最初的足跡相連……
看來就像紙魚子說的，牠真的是僅有腳印、沒有實體的夢幻生物……

追尋腳印♣完

黃昏的胃之頭公園

段一知老師下一場簽書會決定辦在我爸的書店。
段老師便以簽書會為由，
只要栞在那段時間幫我照顧克蘇魯就沒問題。
提出了這樣的條件……
這就是為什麼，我現在會騎腳踏車載著克蘇魯妹妹，前往胃之頭公園……
爲什麼連我也要一起來啊？
拜託妳了——！我一個人肯定應付不來的。

黃昏的胃之頭公園

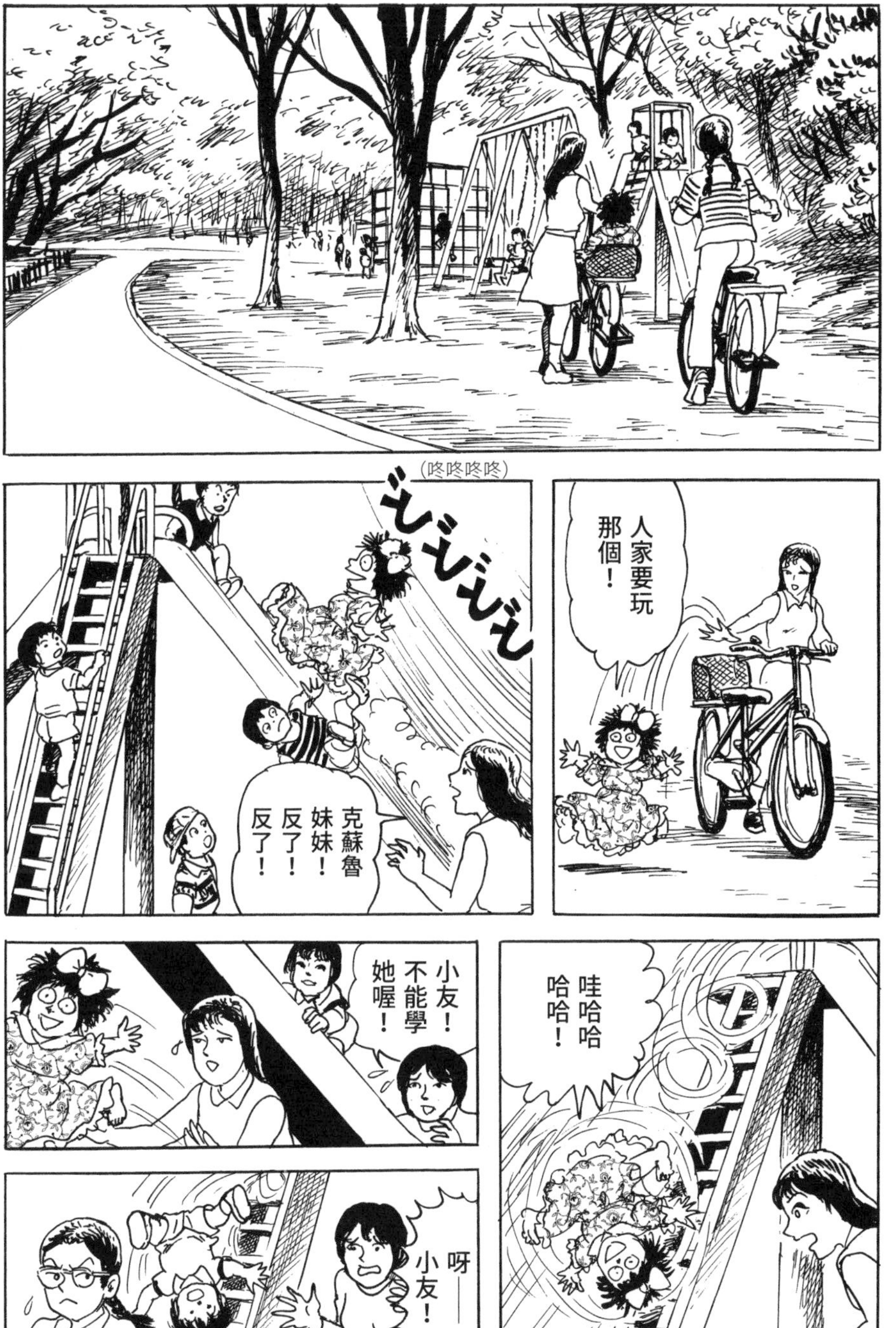
人家要玩那個！
(咚咚咚咚)
克蘇魯妹妹！反了！反了！
哇哈哈哈哈！
小友！不能學她喔！
呀——小友！

人家要盪鞦韆！
ブルルルル
(哐啷啷啷啷)
?
我也要那樣玩！
不行！
呀——
抱歉——
啊——
所、所以我才不想照顧她嘛！

段一知老師
簽書會會場
段老師的
書迷層
眞廣啊。
拜託妳
靜靜地玩
就好！
怎、怎麼
有些臉型
特別誇張的
媽媽啊？
畢竟這座
公園有各種人
會來嘛。

妳知道這座公園有個詭異的傳聞嗎？
什麼詭異的傳聞？
聽說黃昏時會出現一個推著嬰兒車的恐怖年輕媽媽喔。
是怎麼個恐怖法呀？
不妙！那小孩出現了！
ぱくっ
ぱくっ
ぱくっ
(吞 吞 吞)
妳看到了嗎？那些媽媽的特技好厲害啊。
畢竟這座公園有各種人會來嘛。
記得非洲有種魚類會把小孩養在口腔裡，感覺很相似呢……

黃昏的胃之頭公園

ぺっ ぺっ ぺっ
(呸 呸 呸)
太好了，她走掉了。
說回那個恐怖的女人，妳看過她嗎？
我沒看過，但聽說嬰兒車裡裝的是腐爛的小孩屍體呢。
那女人好像是沒能在公園的其他媽媽面前初次亮相，患了精神衰弱症後殺掉小孩，最後變成幽靈徘徊。
天啊！太可怕了！
咦？我聽說她是個惡媳婦，將久病在床的公公放在嬰兒車上載去扔掉呢。
這麼說來，也有人說她是將丈夫分屍後、用嬰兒車棄屍的家庭主婦呢。
到底哪個說法才是眞的呢？
慢、慢著……妳們看……
好像有個推著嬰兒車的女人走過來了？

現在剛好是黃昏呢。
呵呵……不會吧……
（吞吞吞）
ぱく ぱく ぱく
英好呃，截味勿能和伊兒喝椅面喔！
聽好了，絕對不能看嬰兒車裡面喔！

哈、哈移嗨了……
ぺっ
ぺっ
（呸 呸）
妳、妳怎麼了？
唔唔……
糟糕！她吞下去了！
快、快點吐出來！

克蘇魯妹妹去哪裡了？
傍晚人不多，牠們就跑出來了。
因爲段老師的關係，簽書會的時間延後了。
啊！是姆爾姆爾！
段老師的書迷層眞是廣啊……
哈哈哈……

克蘇魯妹妹——！
真傷腦筋，她跑到哪裡去了啊？
咦!?
栞……快去姆爾姆爾聚集的地方找一找！

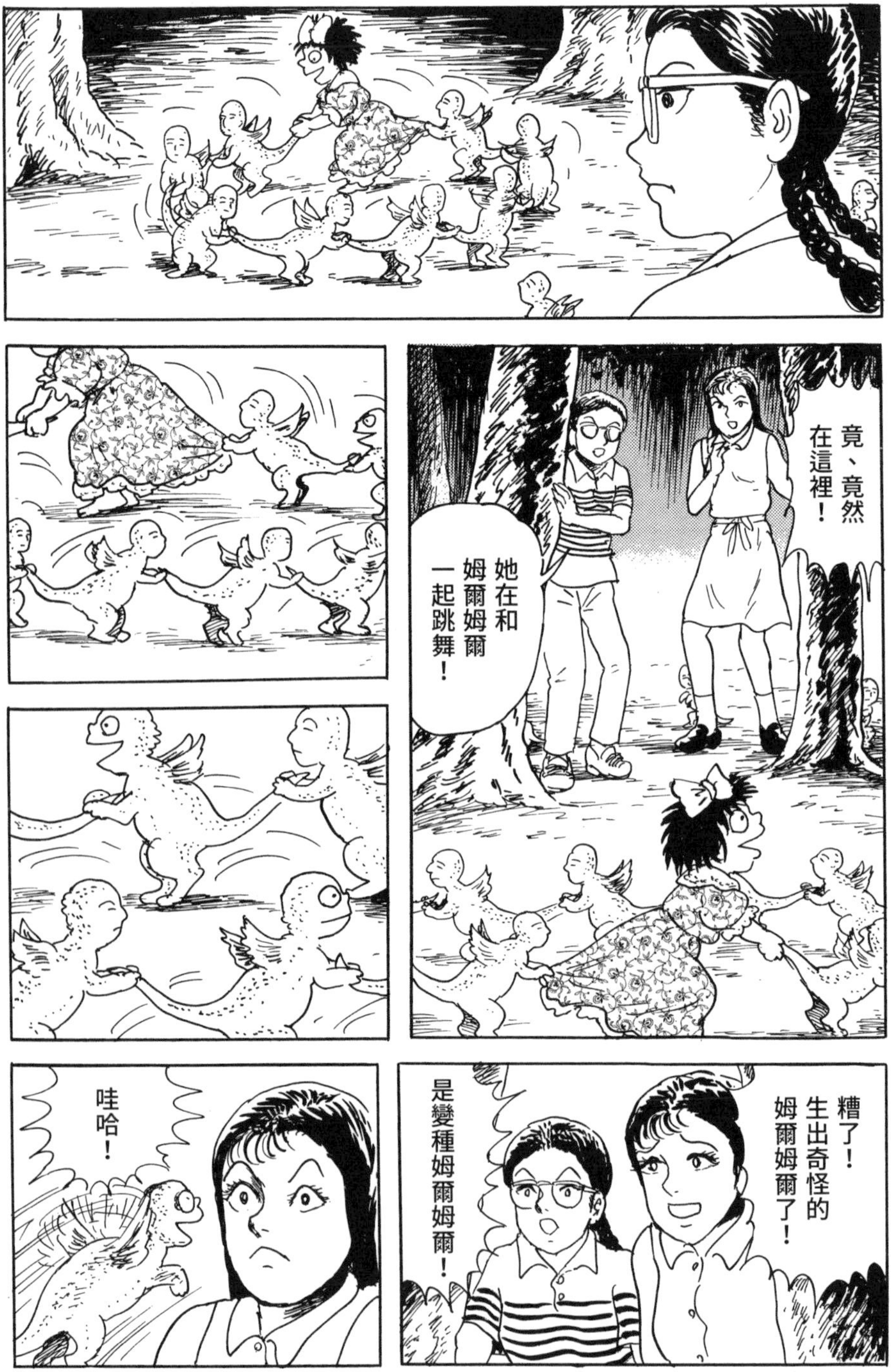
竟、竟然在這裡！
她在和姆爾姆爾一起跳舞！
糟了！生出奇怪的姆爾姆爾了！
是變種姆爾姆爾！
哇哈！

泰克利、利！泰克利、利、利！
如果讓這種姆爾姆爾繼續增加的話，眞的會破壞胃之頭町的生態系！
克蘇魯妹妹！不行！

啊！有魚！
呀——！
ドボーン
（噗通——）
哇哈哈哈哈！
不、不行啦！不能亂抓鯉魚！
這是人家的點心！
あぐっ
（咕嘟）
不能吃！快吐出來！

（啵——）
すっぽ——ん
我們帶了媽媽準備的點心喔！來吃吧！
（吞）
ガバッ
克、克蘇魯妹妹……不能連籃子都吞下去啦！
耶——！耶——！

啊！不能過去那邊！
喔！好活潑的小妹妹！要來一杯嗎？
耶——！是果汁！
那不是果汁啦！不能喝！
スカッ
唰
ヒョコ
咻
果汁！果汁！

(咻——)
ピュー
哈哈哈！小妹妹的特技眞精采！
嗝！
胎哥哩哩哩哩！
來吧！兩位小妹也來喝！
不、不用了。我們還沒成年……
嘿！不要再鬧了！
(咻——)
ぴゅー

栞……好像有人過來了……
那不重要啦！快幫我！
但、但是……那好像是最近傳聞中的……推著嬰兒車的女人……
據說會在黃昏時分出現在胃之頭公園……

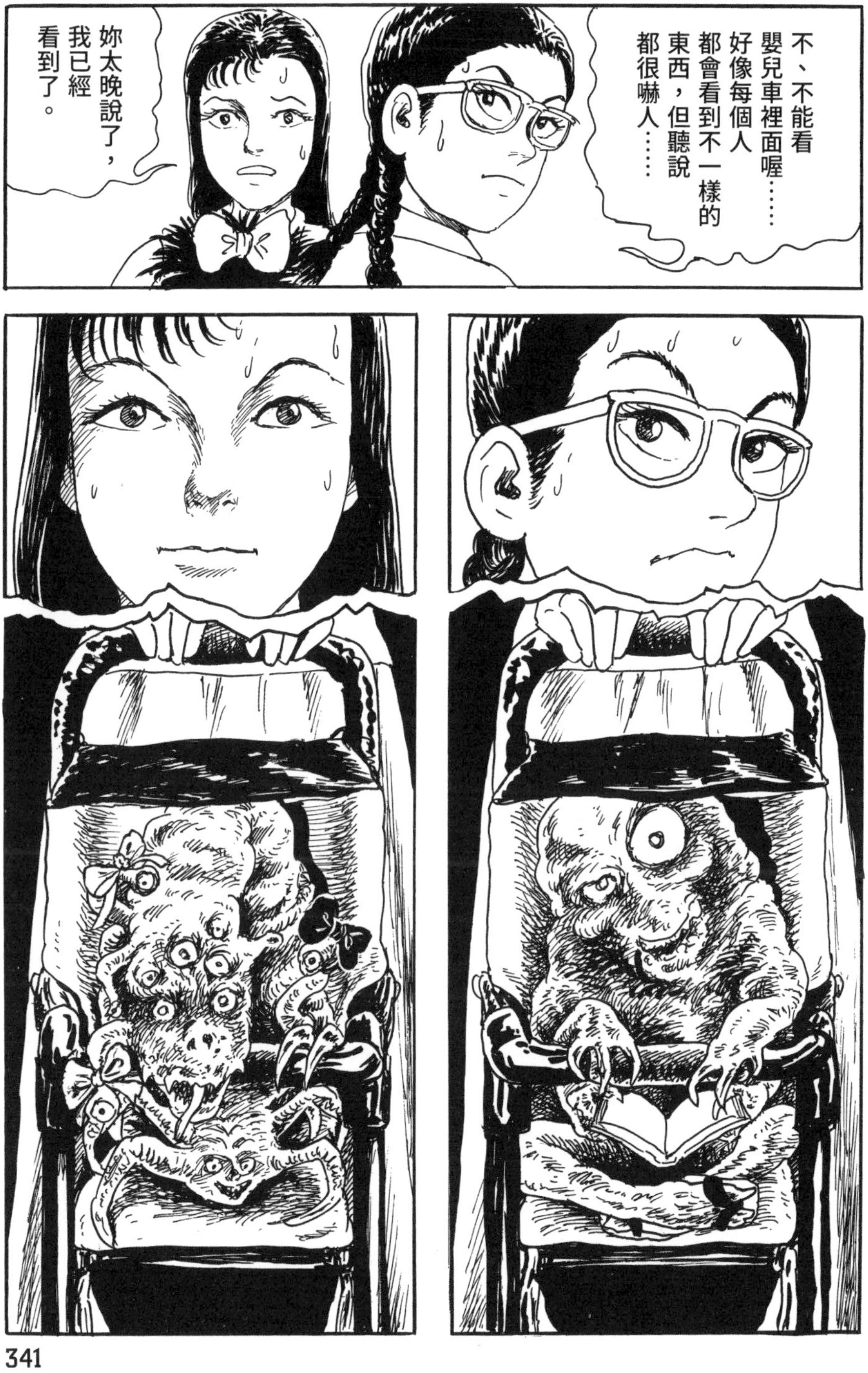
不、不能看嬰兒車裡面喔……好像每個人都會看到不一樣的東西，但聽說都很嚇人……
妳太晚說了，我已經看到了。

等、等等……酒給我。
哇啊！我是喝醉了嗎？太恐怖啦！
怎、怎麼了!?
我、我二十年前的老婆竟然坐在嬰兒車裡啊！
我看見的是信樂燒的狸貓啊！我最怕信樂燒狸貓了！
(噠 噠 噠)
バタバタバタ
哇哈！
哇哈哈！哇哈哈！

哇哈哈哈！
一起玩嘛！
來玩嘛！
她、她看見了什麼？
琹！妳在喝酒嗎!?
沒喝酒我撐不下去啊。
也讓我喝點。
住、住手！別這樣！
啊哈哈哈！阿姨也來喝一杯嗎？
琹！妳變成大叔了！

臭小鬼！我叫妳住手了！
(咻)
ビュッ
(咻——)
咦……？
ピュ
大姊姊——！阿姨跑掉了——！

啊哈哈哈！姆爾姆爾也來一杯吧！
嗯……咦……？
咦！天黑了！現、現在幾點？
糟糕……！我睡著了……紙魚子！快起來！
嗯……？
已經七點了。快點回家吧，爸媽肯定在擔心了。

咦!?
我們……喝醉時做了什麼嗎？
我哪知道……總之趁胃之頭公園的生態系變得更混亂以前，趕緊回去吧……
在這之後，推著嬰兒車的女人依舊出現在公園，但多了「她看到三歲左右的小孩就會以時速兩百公里的速度逃走」的傳聞。
然而，我更不願提起的是，這段時間胃之頭公園常出現長得像我和紙魚子的姆爾姆爾……

新作單篇漫畫

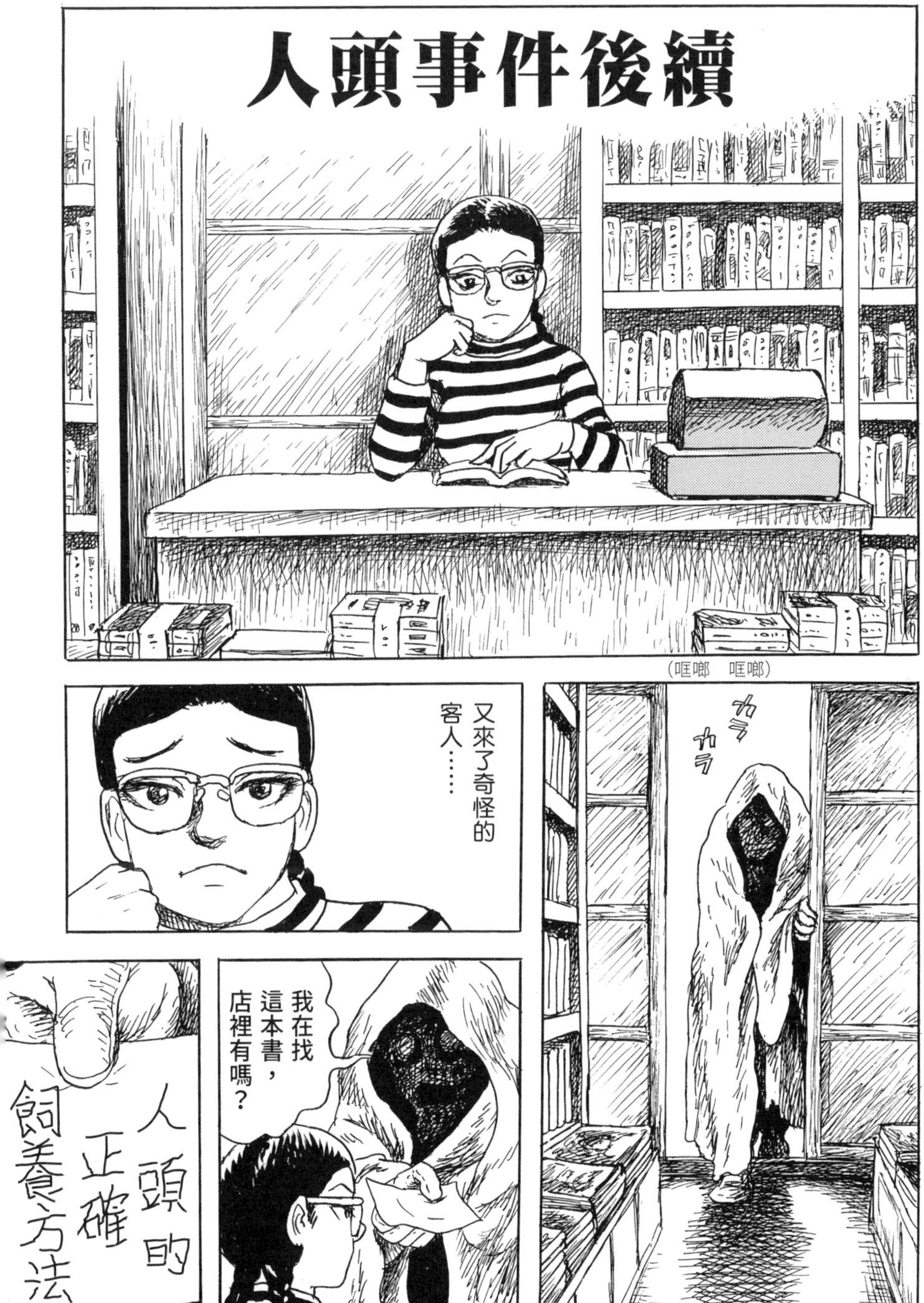
人頭事件後續
(哐啷　哐啷)
カラ
カラ
又來了奇怪的客人……
我在找這本書，店裡有嗎？
人頭的正確飼養方法

這本書……
栞放生人頭後我就拿回來了……
是的，店裡有這本書……
什麼？眞的有嗎？
興趣與實踐系列
正確
人頭的飼養方法
兩百圓。
（匆忙　匆忙）
いそいそ
本日公休
那種客人絕對暗地裡在做些什麼！太讓人在意了！

居然跑到那種地方……
喔——這樣就沒問題了。接著餵紅蟲……
啊！栞!?

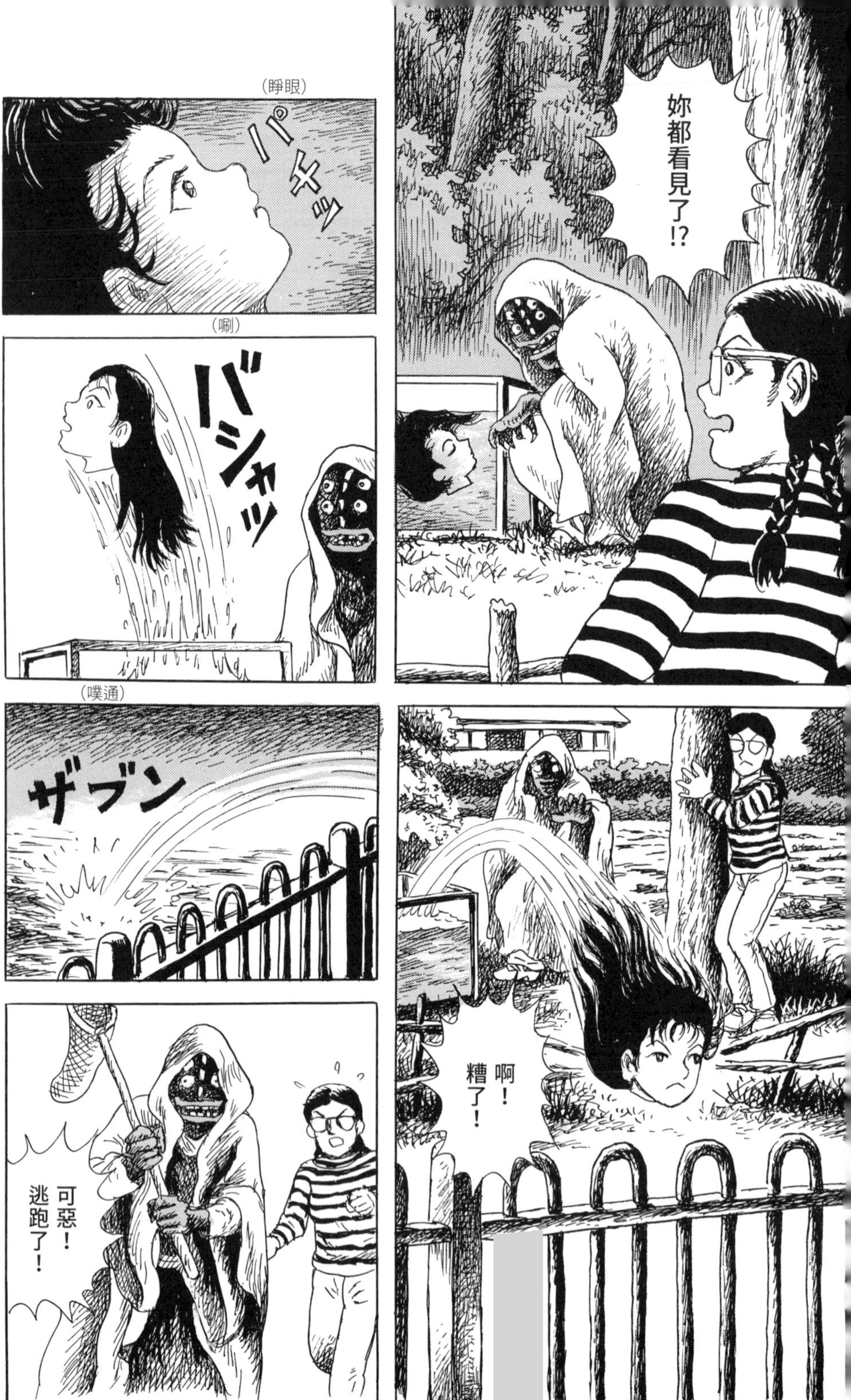
妳都看見了!?
(睜眼)
パチッ
(唰)
バシャッ
啊！糟了！
(噗通)
ザブン
可惡！逃跑了！

(啪 啪 啪)
バシャ
バシャ
バシャ
別跑——
栞——！
等等我——！
不對！
快逃啊——！
眞厲害！竟然逆流而上……
這樣下去會跑到胃之頭池啊！

バシャッ
(唰)
咦？那是龍之介!?

還以爲它流到大海了，沒想到沿著小河來到了這裡嗎……？
抓到了！
才不讓你得逞！
（唰）
バシャッ
抓到妳了！
好痛啊！
咦？
痛死了！啊！紙魚子？妳在做什麼？
栞……妳有身體!?

還問我在做什麼……妳才爲什麼在這裡？
這個嘛……我和克蘇魯妹妹他們來公園……
啊，我想起來了。我掉進池子裡了！
啊！栞！找到妳了！
太好了，妳從七胃橋掉下去，但在附近都找不到妳，我很擔心呢。
大姊姊！我找到了這個——！
雖然不知道怎麼回事，但奇怪的客人也在不知不覺間消失了蹤影。
不過多虧如此，警方終於找到分屍案的人頭，而犯人依舊尚未逮捕到案。
這次發生的事情，是龍之介在呼喚栞嗎？還是說，其實是龍之介在危急之中伸出了援手呢？

人頭事件後續♣完

後記

「栞與紙魚子」是一九九五年至二〇〇八年在《Nemuki》斷斷續續的連載系列，並集結為菊16開的六集單行本出版。此次新版是將六冊單行本統整為四冊，以32開重新出版。雖然篇幅不長，但也增加了新繪製的短篇作品。「栞與紙魚子」也出版過文庫版，不過僅收錄至單行本最後一集（《栞與紙魚子的百物語》）的一半。本次新版預計會補齊文庫版遺漏的部分，因此讀過文庫版的讀者可以只買第四集就好……雖然我是想這麼說，但讀者會讀到這篇後記表示已經買了第一集，因此寫在這裡也是枉然吧。盡是寫些不著邊際的文字吶。雖說是後記，可我也只想得到寫這些事情而已。

那麼，來談談故事背景的胃之頭町吧。讀者應該都猜得到，「胃之頭町」是從「井之頭町」而來，「胃之頭公園」當然也就是「井之頭公園」。本書第一篇〈人頭事件〉靈感即來自於當時實際發生在井之頭公園的分屍殺人案。這麼說起來，那起事件後來怎麼了呢？可能依舊尚未破案吧。

總而言之，也因為我當時搬到那一帶居住，便以附近地點做為故事背景開始創作本系列，像是將吉祥寺改為鬱狀寺、神田川改為肝田川、玉川上水改為股川上水、久我山改為首山等等。最重要的是，取材工作相當輕鬆。段老師居住的鬼屋也有參考原型，可惜現在已遭拆毀，改建為數間時尚的販售成屋。經常出現在作品中的散步道路也實際存在。其他還有像小農園消失、某處蓋起小公寓破壞視野等等，但大致的風景與二十年前相差無幾。

「栞與紙魚子」系列的最後一篇是二〇〇八年繪製的〈天氣雨〉，連載目前也已中斷。故事正好停在操縱管狐的管正一、宅男狐狸等新角色登場的段落，雖然總想著要繼續畫下去，卻始終找不到機會，便一直擱著了。如果能藉著這次新版出版的機會，繼續描繪兩名少女與妖怪的悠哉故事就太好了。

二〇一四年九月十九日　諸星大二郎

胃之頭町地圖

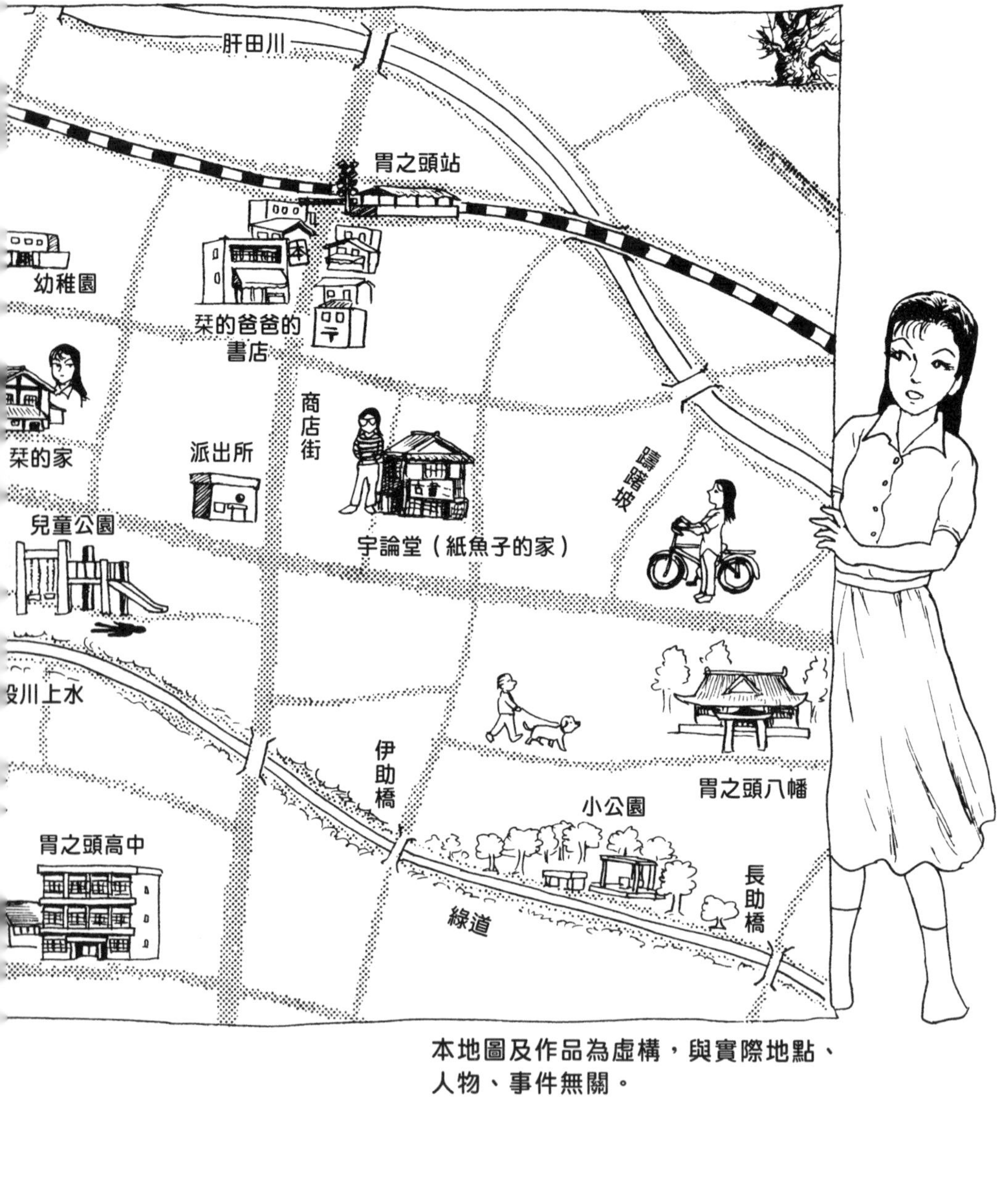

肝田川
胃之頭站
幼稚園
栞的爸爸的
書店
栞的家
商店街
派出所
兒童公園
宇論堂（紙魚子的家）
坡羅驢
川上水
伊助橋
胃之頭八幡
小公園
胃之頭高中
長助橋
綠道

本地圖及作品為虛構，與實際地點、人物、事件無關。

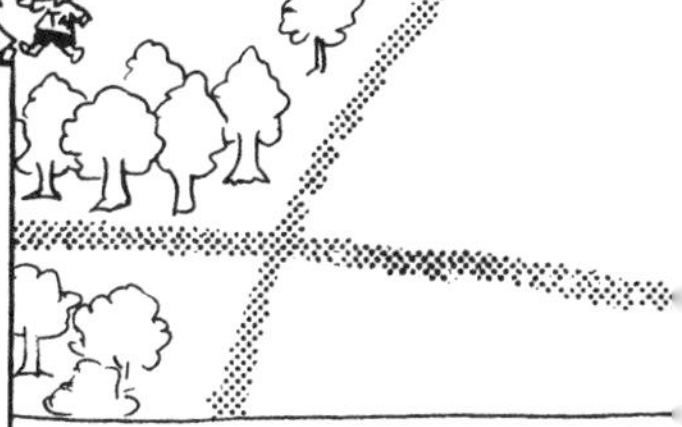

第299頁的解答＝12隻

出處一覽

人頭事件……Nemuki VOL.23★1995年
自殺館……Nemuki VOL.24★1995年
盛開的櫻花樹下……Nemuki VOL.25★1995年
躊躇坡……Nemuki VOL.26★1995年
殺人者的藏書印……Nemuki VOL.27★1995年
波里斯的獵物……Nemuki VOL.29★1996年
各自的噩夢……Nemuki VOL.30★1996年
克蘇魯妹妹……Nemuki VOL.31★1996年
猶格的反擊……Nemuki VOL.32★1996年
月光影蟲……Nemuki VOL.28★1995年
讀書的幽靈……Nemuki★1996年9月號
青馬……Nemuki★1996年11月號
和阿公一起玩……Nemuki★1997年1月號
下雪天的同學會……Nemuki★1997年3月號
追尋腳印……Nemuki★1997年5月號
黃昏的胃之頭公園……Nemuki★1997年7月號

NAZOMAN 15

栞與紙魚子 1

原著書名／新裝版栞と紙魚子 1　作　者／諸星大二郎
原出版社／朝日新聞出版　翻　譯／丁安品
編輯總監／劉麗真　責任編輯／張麗嫺

總 經 理／陳逸瑛
榮譽社長／詹宏志
發 行 人／凃玉雲
出 版 社／獨步文化
城邦文化事業股份有限公司
104台北市中山區民生東路二段141號5樓
電話：(02) 2500-7696　傳真：(02) 2500-1967
發　　行／英屬蓋曼群島商家庭傳媒股份有限公司
城邦分公司
104台北市中山區民生東路二段141號2樓
網　　址／www.cite.com.tw
讀者服務專線／(02) 2500-7718；2500-7719
服 務 時 間／週一至週五　09：30～12：00
13：30～17：00
24小時傳真服務／(02) 2500-1900；2500-1991
讀者服務信箱E-mail／service@readingclub.com.tw
劃撥帳號／19863813
戶　　名／書虫股份有限公司
香港發行所／城邦（香港）出版集團有限公司
香港灣仔駱克灣道193號東超商業中心一樓
電話：(852) 2508-6231　傳真：(852) 2578-9337
馬新發行所／城邦（馬新）出版集團　Cite (M) Sdn Bhd
41, Jalan Radin Anum, Bandar Baru Sri Petaling,
57000 Kuala Lumpur, Malaysia.
Tel: (603) 90578822　Fax: (603) 90576622
email:cite@cite.com.my

封面設計／鄭婷之
印　　刷／漾格科技股份有限公司
排　　版／傅婉琪
□2022年（民111）5月初版
□2023年（民112）11月17日 初版5刷
售價420元

ISBN：978-626-70734-2-1
ISBN：978-626-70734-6-9(EPUB)